DISNEY

PIRATES of the CARIBBEAN

パイレーツ・オブ・カリビアン

ジャック・スパロウの冒険

2

セイレーンの歌

登場人物

●**ジャック・スパロウ**　勇敢《ゆうかん》で機知《きち》に長《た》け、利にさとい男ながら、決して憎《にく》めない愛すべき個性を持った天性の海賊《かいぞく》。自由を愛する性癖《せいへき》は、少年のころから変わらない。はた目には間抜《まぬ》けに見えることもあるけれど、剣術《けんじゅつ》と航海術に天賦《てんぷ》の才あり。

●**アラベラ**　トルトゥーガ島にある酒場「フェイスフル・ブライド（貞淑《ていしゅく》な花嫁《はなよめ》）」で働く女の子。酒場は父が経営している。母親を海賊にさらわれ、父の言いなりで働いているが、自由になるチャンスをいつも探している男勝《おとこまさ》りの面も。ジャックを救い、冒険《ぼうけん》の最初の相棒《あいぼう》になる。

●**フィッツウィリアム**　通称《つうしょう》フィッツ、またはフィッツィー。イギリスの名家の子息だが、家に縛《しば》られた生活に嫌気《いやけ》がさしてジャックたちの冒険に加わる。育ちの良さとは裏腹に、母を幼いころに亡《な》くし、姉のアンを海賊に誘拐《ゆうかい》されている。英・仏・独語に加えて、ラテン語とギリシャ語にも堪能《たんのう》。

●**ジーン**　トゥーメン、コンスタンスとともにイギリス船籍《せんせき》の商船に乗っていたが、船が沈没《ちんぼつ》しガイコツ島にたどり着く。ジャックたちより2〜3歳年下で13歳くらい。

●**トゥーメン**　ジーンの相棒。ジーンとほぼ同い年だが航海術を心得ている。

●**コンスタンス**　ジーンの妹と、ジーンが言い張る猫《ねこ》。ジーンによれば呪術師《じゅじゅつし》、ティア・ダルマの呪《のろ》いで猫の姿に変えられた。

●**キャプテン・トーレンツ**　悪名高い凶暴《きょうぼう》で残忍《ざんにん》な海賊。ジャックにコルテスの剣のさやを奪《うば》われ、ジャックとそのクルーを追いかける。デイヴィー・ジョーンズの呪いにより、怒《いか》ると周囲に嵐《あらし》を巻き起こす。

●**石目のサム**　伝説の海賊。ジャックの最初の帽子《ぼうし》は、もともと彼の所持品。

●**ケツァルコルテス**　メキシコ神話に登場する豊穣《ほうじょう》の神。ケツァルコルテスの神事には、必ずいけにえが供えられたと伝えられる。

●**フェルナンド・コルテス**　16世紀なかば、わずか600人あまりの手勢でメキシコのアステカ帝国《ていこく》を滅《ほろ》ぼし、征服《せいふく》したとされるスペイン人。

2
ジャック・スパロウの冒険
セイレーンの歌

C　O　N　T　E　N　T　S

船長の航海日誌

われわれの堂々たるバーナクル号は、数週間前にトルトゥーガ島を出航した。正直言って、われわれアラベラとフィッツウィリアムは海をよく知らない陸者《おかもの》だが、少しずつよくなってきている。ひどい嵐《あらし》の後、無人島だと思った島に漂着《ひょうちゃく》した時に、ジーンという名のクレオール人の少年と、トゥーメンというマヤ族の少年を新たに船に乗せることにした。ちなみに、荒《あ》れ狂《くる》う獣《けもの》のような嵐は、あの恐《おそ》ろしいトーレンツ船長が起こしていたのだ。ああ、そうだ、ジーンが連れていた荒れ狂う獣のような猫《ねこ》も乗せた。ジーンによれば、その猫は本当は彼《かれ》の妹で、不思議な呪《のろ》いをかけられているのだという。

もちろん、おれは暴れ狂うトーレンツ船長と戦って、ほとんどひとりの力で撃退《げきたい》し、たくさんの宝物を見つけた。切れ者のおれが察するに、あのすばらしい剣《けん》は今、恐ろしい左足のルイの手中にある。われわれはルイを追ってかなりのスピードで航海中だ。

第1章

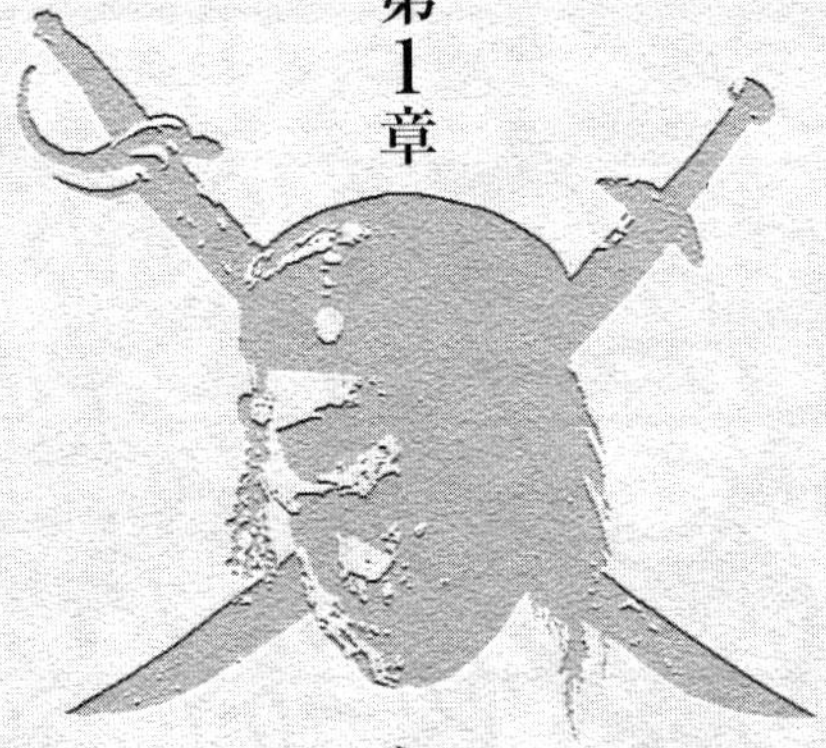

左足のルイの伝説

と、ジャックは切り出した。乗組員《のりくみいん》は全員、バーナクル号の甲板《かんぱん》でジャックを前にして立っている。

「おれたちが追いかけているあの悪魔《あくま》のような海賊《かいぞく》の船長は、戦いで右足を失った」

ジャックは、見事に磨《みが》きあげられたオニキスの玉を、両方の手に行ったり来たりさせている。あの伝説の海賊、石目《いしめ》のサムの片目に使われていた石で、廃墟《はいきょ》と化したサムの王国にあったサムの骸骨《がいこつ》から、ジャックが取り出してきたものだ。ジャックは、この前の冒険《ぼうけん》の記念として、それを肌身離《はだみはな》さず持っている。

すてきなアクセサリーになるんじゃないかと考えたのだ。たとえば、ネックレスとか、髪《かみ》につける飾《かざ》りとか。波のうねりで甲板が傾《かたむ》いたので、ジャックはその石をポケットに突《つ》っ込《こ》んだ。バランスをとろうとロープをつかむと、主帆《しゅはん》がグイッとジャックの方に向かって動いたので、ひょいとかがんでそれをかわし、ほとんど話を切らずに続けた。

「知ってのとおり」

「あの悪名高い左足のルイ船長は、すぐに自分の船の臆病な甲板長《かんぱんちょう》を殺し、そいつの足を切り落としたんだ。そして、船の料理人をしていた海賊に、その足をうまいこと自分の体にくっつけてもらったのさ。その料理人は、シルバーっていう同じくらい悪名高い海賊で、長い間同じ船に医者がいっしょに乗っていたので、手足の再生手術《さいせいしゅじゅつ》のコツをすっかり身につけていたんだな。ところがその手術が終わってすぐに、なくした足を取り戻《もど》そうと焦《あせ》っていたルイが反対の足を切り落としていたことがわかったんだ」

ジャックの仲間で貴族《きぞく》の出であるフィッツウィリアム・P・ダルトン3世が、いやらしい笑い方をした。

「そんなばかな」

ジャックの仲間第1号で、トルトゥーガ島の酒場《さかば》の娘だったアラベラも笑った。

また波が来て船を揺《ゆ》らした。アラベラは手すりにしがみついて、バランスを保とうとしている。フィッツウィリアムは尻餅《しりもち》をつき、トゥーメンとジーンは、船を安定させようと慌《あわ》てて走っていった。このふたりは、ジャックが石目のサムの島で出会ったまだ年若い船乗りである。このメンバーの中でただひとり、船が揺れても何とか動かずに立っていたジャックが顔をしかめた。

「聞いてるのか！」

と、大きな声を出して言った。

「船長が話をしているんだ」

「まあまあ、ジャック」

と、フィッツウィリアムが起き上がりながら言った。

「きみは自分のことを船長だと思っているかもしれないが、まわりをよく見てみろよ。これは船なんてもんじゃないし、ぼくたちも乗組員というのにはほど遠いよ」

ジャックはフィッツウィリアムに歩み寄った。ジャックのほうが頭ひとつ小さかったが、フィッツウィリアムより多くのとは言わないまでも、同じくらいの敬《けい》意《い》は払《はら》われている。

「あとで専門家に聞いてくれ。デイビー・ジョーンズとこのことを話し合うことになるだろうよ」

とジャックが言った。

「この船の上では、おれをジャック・スパロウ船長と呼んでもらう」

「わかったよ……ジャック」

フィッツウィリアムは、いつになく作り笑いをして言った。

ジャックは肩《かた》をすくめ、船首《せんしゅ》の方へ向かった。そこではアラベラが、船首の先から突き出ている「バウスプリット」というポールの向こうをじっと見つめて立っている。アラベラは髪が乱れ、服もよれよれだったが、それでも前と変わらない様子《ようす》に見える。ここまでにくぐり抜《ぬ》けてきた数々のできごとによって、微妙《びみょう》にたくましい顔になった。

「トルトゥーガ島が恋《こい》しいかい？　アラベラ」

と、ジャックがからかうように言った。

「ええ、本当に恋しいわよ」

と、アラベラも同じように皮肉《ひにく》で答えた。

「父さんが恋しくてしかたないの」

そう言ってアラベラは、船の手すりの上に片手をすべらせ、ぼんやりと海を見つめた。

ジャックは船首に上ると、バウスプリットをはさんでその両側に足を出し、ブラブラさせた。海は美しく晴れ渡《わた》っている。暖かい陽射《ひざ》しがまぶしく輝《かがや》き、鏡のように澄《す》んだ水面がキラキラ光っていた。ジャックが大きく息を吸い込むと、潮《しお》風《かぜ》の香《かお》りがして、冒険の喜びに満たされるのだった。前のように密航者《みっこうしゃ》として旅するよりは、こっちのほうがずっといい。それに、海の上にいるのは、トルトゥーガ島のひっちゃかめっちゃかな町でパンの端切《はしき》れを奪《うば》い合っているよりもはるかに気分がよかった。

ジャックはバーナクル号を見回した。アラベラは甲板にいて、足を組み、フォアマストに背をもたらせて座《すわ》り込んでいる。船の位置を確かめるために使われるアストロラーベという天体観測儀《てんたいかんそくぎ》をトゥーメンから借りて勉強しているところで、もつれた金褐色《きんかっしょく》の髪が顔にかかっている。すっかり熱中している様子で、それはジャックにとっても嬉《うれ》しいことだ。航海術《こうかいじゅつ》を心得ている乗組員は多ければ多いほどよい。フィッツウィリアムはもう落ち着いていて、ロープを締《し》め、水平線をじっと見ている。ジーンとトゥーメンは、自分たちの仕事に取りかかっていた。そして何よりもありがたいことに、あのひどく気難《きむずか》しい猫《ねこ》のコンスタンスは、どこにも見当たらない。ジーンは、あの猫は不思議な呪《のろ》いをかけられているが本当は自分の妹だと言っている。

もちろんだ。この船はちゃんと装備の整った船だとも。ジャックは誇《ほこ》らしく思った。たとえあちこちがささくれだっていても、帆《ほ》がボロボロでも、船室《せんしつ》の天井《てんじょう》や床《ゆか》に雨漏《あまも》りのするところが2~3カ所あったとしても、である。

ジャックは急いで甲板に戻《もど》り、手を叩《たた》いた。

「話の続きだ」

と言った。

一同が不満の声を上げたが、ジャックは目玉をぐるりと回し、反対を押《お》し切って話し始めた。

「シルバーの犯《おか》した間違《まちが》いに気づいた瞬間《しゅんかん》、ルイは、料理人でもあり外科医《げかい》でもあるこの海賊を船から海に投げ出したんだ。だが、シルバーは海の精《せい》セイレーンに守られていたため、セイレーンたちはルイを襲《おそ》い、シルバーが手術をしくじって付けたルイの足を永久にそのまま固定した。ルイはセイレーンに爪《つめ》で顔を引っかかれたので、今もルイの顔には、右目から鼻の上を通って左あご骨のあたりまで、３本の傷跡《きずあと》が残っているというわけさ」

「あら、あんたは何でも信じるんだ」

と、アラベラがそっけなく言った。

ジャックはぐるりと体を回してアラベラに向き合った。

「じゃあ、教えてくれよ。どうしてあの男には左足が２本あるんだと思う？」

アラベラはアストロラーべから注意をそらさずに、

「生まれつきでしょ」

と無愛想《ぶあいそう》に言った。

「どうでもいい細かいことにこだわりすぎてるよ」

と、フィッツウィリアムが口をはさんだ。

「ルイは危険な海賊なんだから、どうやってヤツをやっつけて、コルテスの剣《けん》を手に入れるかっていうことに心を向けないと。きっと簡単にはいかないだろうからね」

「まさか怖《こわ》いんじゃないよな？」

と、ジャックがせせら笑いながら聞いた。

「臆病者や甘《あま》やかされて育ったお坊《ぼっ》ちゃんにはこの任務《にんむ》は無理だって言ったはずだぜ」

「ぼくが臆病者でもお坊ちゃん育ちでもないってことを、とっくに証明して見せたはずだが」

フィッツウィリアムが鋭《するど》く顔をジャックの方に向け、かみつくように言った。

「怒《おこ》らなくったっていいさ」

と、ジャックが言った。

「正気《しょうき》な人なら誰《だれ》だって、ルイと戦うのは怖いだろうよ。ていうことは、あんたが自分は正気じゃないって言ってることになる。ふむ。それはちょっと困ったな」

フィッツウィリアムはため息をついて、頭を横に振《ふ》った。今度はジャックの挑《ちょう》発《はっ》に乗るつもりはなかった。

ジャックは、言い返しはしたけれど、フィッツウィリアムの言うとおりだとわかっていた。ルイは剣を手放したりはしないだろう。その剣の持ち主には大きな力が授《さず》けられ、そして、コルテスの剣とさやがいっしょになったときには無限の力を発揮《はっき》するということが噂《うわさ》されている以上、手放すはずはない。もちろんジャックは、コルテスの剣があれば手に入るはずの自由を喉《のど》から手が出るほど欲《ほ》しいと思っている。だが、それと同じくらい重要なのは、その剣をルイやトーレンツのような危険な海賊の手に渡さないことだった。とりわけ、7つの海の支配者と言われているあの邪悪《じゃあく》なデイビー・ジョーンズの手には何としても渡してはならない。

突然《とつぜん》、一陣《いちじん》の風が吹《ふ》いて帆が大きく膨《ふく》らみ、重い帆桁《ほげた》が弧《こ》を描《えが》くように揺れ動いた。ジャックはそれにぶつからないように慌てて飛びのき、よろけてフィッツウィリアムのほうに倒《たお》れ込んだ。ふたりが甲板にどさっと大の字に倒れた時、波が手すりを越《こ》えて打ち寄せ、ふたりはずぶ濡《ぬ》れになった。ジャックは長い黒髪を撫《な》でつけ、よろよろと立ち上がった。

「大きな波だったな」

と、ジャックが言った。

フィッツウィリアムは、すっかり滑《すべ》りやすくなった甲板の上で、そろりそろりと立ち上がった。

「どうして海がこんなに荒《あ》れてきているんだ？　さっきまでも、穏《おだ》やかではなかったけど、絶対にこんなに荒れてはいなかったよ。それに、空には雲ひとつないから、トーレンツ[※]が脱出してヤツの嵐が海をかき立ててるってわけでもないぞ」

「トーレンツじゃないだろうけど、ルイかもしれないよ」

※　第1巻『嵐がやってくる！』でジャックたちがやっつけた悪名高いトーレンツ船長は、怒ると嵐を引き起こす。

と、ジーンが言った。

「たとえさやがなくてもコルテスの剣がどんな力を発揮するかは、誰にもわからないんだから。ルイの手に剣があるなら、ほんの少しの力が大きな効果を発揮するだろうね」

ジーンはさらに続けた。

「ルイは間違いなく、凶暴《きょうぼう》で極悪非道《ごくあくひどう》な恐ろしい男さ。ジャック船長、さっきのあんたの話の中で1カ所だけ、ルイの顔の傷跡がどうしてできたかっていうところは間違ってるよ」

「おや？」

と、ジャックはせせら笑って言った。

「どうしてきみがそんなに詳《くわ》しく知ってるのかな？」

「ぼくたちはヤツに会ったことがあるのさ」

トゥーメンが自分の持ち場である操舵輪《そうだりん》のところに戻りながら言った。

全員が操舵輪の方へ向き直って、トゥーメンをじっと見た。そのとき、静寂《せいじゃく》を破って、物悲しい鳴き声が響《ひび》いた。コンスタンスがメインマストの後ろにある隠《かく》れ場所から飛び降りてきて、ジャックの目の前に着地した。ついにその汚《きたな》い姿を現したのだ。そして、怒ったような、だが同時におびえたようなシーッという声を出した。

第2章

消える島、現れる島

ジャックは目を細めてコンスタンスをじっと見つめた。このみすぼらしい猫《ねこ》もジャックを見つめ返しながら、ゆっくりと、わざとらしくしっぽを揺《ゆ》らした。少しの間、にらみ合いがあり、それから、コンスタンスはもう一度シーッという声をあげた。背中を丸め、歯をむき出している。ジーンがかがみ込《こ》んで、コンスタンスを抱《だ》き上げた。「よしよし、ぼくの子猫ちゃん」と、取り乱したコンスタンスのもつれた毛を撫《な》でながら、甘《あま》い声でささやいた。

「間違《まちが》いなく妹は、ルイの名前を聞いたからすごくビクビクしてるんだよ。お願いだから、これ以上、妹がひどい目に遭《あ》わないようにしてよ。もう十分《じゅうぶん》に苦労してきたんだから」

ジャックはせせら笑うと、バンダナをはずし、それを胸のところに持っていった。そして猫に向かって、

「どうかわたくしの心からの謝罪《しゃざい》をお受け取りくださいませ。お嬢《じょう》さま」

と言うと、大げさにお辞儀《じぎ》をした。

「いい加減《かげん》にしてよ」

と、アラベラがジャックに（そしてついでにコンスタンスにも）言った。アラベラは、舵《かじ》の上に軽く片手を載《の》せているトゥーメンを見上げ、

「左足のルイに会ったことあるってどういうこと？」

と聞いた。

「言った通りさ」

と、トゥーメンが答えた。帆《ほ》がいっぱいに膨《ふく》らみ、船は順調《じゅんちょう》に進んでいたので、トゥーメンは舵にもたれかかってくつろいでいた。海はずいぶんと穏《おだ》やかになっていた。

「会っただけじゃないよ」

と、ジーンが言った。

「ルイと向かい合って戦ったんだ。ぼくたちは命からがら逃《に》げてきたんだよ」

トゥーメンはうなずいて言った。

「あいつは恐《おそ》ろしく強い」

ジーンはコンスタンスをちょっとだけ撫でると、話してもいいかと聞くよう

に、トゥーメンをじっと見つめた。トゥーメンは肩《かた》をすくめた。

「あれからまだ1年にもならないが」

と、ジーンが手すりに寄りかかり、コンスタンスをしっかりと両手に抱いて言った。

「ぼくたちはマルティニーク港に入り、積荷《つみに》を降ろしていたんだ。高価な品だよ。香辛料《こうしんりょう》さ。文字通り、値千金《あたいせんきん》だからね。それに、台所にあるととても重宝《ちょうほう》するんだ」

ジーンはコンスタンスの顎《あご》の下を掻《か》きながら、

「おまえもクミンとコリアンダーの入ったクレオール米は大好きだよね？　妹よ」

と言った。

「話を続けろよ」

ジャックはイライラして荒《あら》っぽい声で言った。

「ぼくたちは、埠頭《ふとう》で港湾労働者《こうわんろうどうしゃ》たちといっしょに働いていたんだ」

とジーンが説明した。そしてコンスタンスを甲板《かんぱん》に下ろすと、その猫はすぐに足を舐《な》め、顔を洗い始めた。

「粗野《そや》で荒っぽい連中だとは思ったけど、ああいう人たちはたいていみんなそうだから、とくにそれ以上気にもとめなかったんだよ」

「その手の仕事にはタフな連中が集まってくるもんだ」

と、フィッツウィリアムがうなずきながら口をはさんだ。

「どうしてあんたにわかるんだよ」

と、ジャックが聞いた。

「あんたなんか、埠頭のにおいを一嗅《ひとか》ぎしただけで気を失っちまうだろうよ」

「すみませんけど、ジーンに話をさせてくださる?」

とアラベラが文句を言った。

「ジーン、続けて」

「ありがとう、マドモアゼル。ぼくたちは木箱を次々に船から降ろしたんだ」

と、ジーンが話を続けた。

「汗《あせ》が額《ひたい》で玉となり、背中を流れ落ちた。最後の積荷が近づいてきて、ぼくは背中に載せたトランクのバランスをとりながらタラップを下りていったんだよ。コンスタンスが、きっと町を見たかったんだと思うんだけど――いつも遠く離《はな》れた土地のことに興味津々《きょうみしんしん》なんだ――ぼくの足の間からさっと走り出したんだ」

「ジーンが転んだんだよ」

と、トゥーメンが言った。

「そうなんだ」

とジーンが言って、恥《は》ずかしそうに肩をすくめた。

「ぼくがタラップを上からずーっと転がり落ちてきたその時、――ここんとこが最悪《さいあく》なんだ――トランクが埠頭にぶつかって、バンと開いたのさ。幸い、このトランクには、その船が運んでいた高価な珍《めずら》しい香辛料は全然入っていなかったんだ。積荷の絹の一部だった。だからぼくはほっとした」

「絹を落としてほっとしたのかい？」

と、フィッツウィリアムが聞いた。

「絹は壊《こわ》れないからね」

とトゥーメンが説明した。

「だけど、どんな積荷も、もしもだめにしたら、ほんのわずかしかないぼくの稼《かせ》ぎで弁償《べんしょう》しなくっちゃいけないんだ」

と、ジーンが言った。

「だから、汚《よご》れたり破けたりする前に、絹を拾い集めたかったんだよ」

「ぼくはもうすでに絹を集め始めてたよ」

と、トゥーメンが言った。

「ところがその時、ぼくが転んで倒《たお》れたところが親方《おやかた》の足もとだったとわかって、お金の心配なんか全部どこかに吹《ふ》き飛んじゃったよ。ああ、何ということだ！　きっと叱《しか》られる。この親方が荷主《にぬし》に言いつけて、荷主がうちの船長に苦情を言うだろうな……」

ジーンは思い出して首を横に振《ふ》った。

「積荷がだめになったら荷主は面白《おもしろ》くないからね」

と、トゥーメンが口を合わせる。

「当然そうだろうな」

と、フィッツウィリアムが言った。

ジャックはフィッツに皮肉を込めてひとこと言おうと口を開いたが、アラベラが戒《いまし》めるようにこっちを見ていることに気づいて、黙《だま》っていた。

「転んで落ちたところが親方の左足の横だったから、次にとるべき最善《さいぜん》の行動は右に動くことだと思ったんだ……そびえ立つようなその巨漢《きょかん》から逃げるためにね！　そしてその通りにしたんだ。そしたら、もう1本の左足にぶつかったんだよ！　左足が2本ある恐ろしい海賊《かいぞく》の伝説はたくさん聞いていたからね。その親方の正体を確信したんだ」

ジーンがそう語った。

「あんたがそれを知ってることをその親方はわかってたの？」

と、アラベラが聞いた。

「それと、もっと大事なことは、おまえが知ってることを親方がわかってるってことをおまえは知っていたのかい?」

と、ジャックが付け加えた。

「どう?」

トゥーメンは混乱《こんらん》してジャックを見た。

「ルイはぼくをじっと見てた」

と、ジーンはさらに話を続けた。

「ぼくはルイを見上げたけど、怖《こわ》くて動けなかったんだ。ルイは低くて重々しい声で、身動きひとつしてはならないし、音も出してはいけないと言った。ぼくはもうだめだと思ったよ」

「どうなるのかぼくもわからなかった」

と、トゥーメンが言った。

「その怒《いか》り狂《くる》った海賊が、自分の正体を知っている者を生かしておくとは思えないな」

と、フィッツウィリアムが言った。

「ところが、きみは逃げたのかい？」

ジーンはコンスタンスを拾い上げ、胸に抱いてあやした。

「かわいい妹の助けを借りてね。コンスタンスが空中高く跳《と》び上がって、ルイの顔の端《はし》から端まで爪《つめ》で引っかいたんだ。そのおかげで、ぼくにはヤツの足の下から転がり出るチャンスが生まれたのさ。ぼくを救ってくれたのはコンスタンスだよ」

「無理もないね」

とフィッツウィリアムが言った。

「そもそもきみがそんな苦境《くきょう》に立たされていたのは自分のせいだから、その償《つぐな》いをしようとしたんだろうね、きっと」

「コンスタンスのせいじゃなかったんだよ」

と、ジーンが言い返した。

「そして、コンスタンスがルイのことをひどく引っかいてくれたから、今でもまだルイの顔には傷跡《きずあと》が残ってるんだ。だから、ルイの足の話にセイレーンが出てきてたけど、それはちがうんだよ。ルイに傷跡を残したのはぼくの妹なんだ」

「で、それからどうなったの？」

と、すっかり話に引き込まれたアラベラが聞いた。

「ヤツを突《つ》き飛ばしたんだよ」

とジーンが言った。

「思いっきりね。コンスタンスがルイに飛びかかったとき、ヤツのかつらがするりと取れて、そらやっぱり。有名なルイの赤毛《あかげ》が丸見えになったんだ」

「ぼくは大声で警告《けいこく》したよ」

と、トゥーメンが言った。

「船の乗組員《のりくみいん》が手すりのところにいっぱい集まってきたんだ」

「そのときになって初めて、ぼくらの船の誰《だれ》もが、左足のルイが本当の親方と本当の乗組員を殺していたってことに気づいたってわけさ。ぼくたちの積荷を降ろしていた――そして盗《ぬす》んでいた――のは、ルイの船の仲間だったんだよ」

「ずる賢《がしこ》いやつだな」

と、ジャックは微笑《ほほえ》みながら言った。

「勇敢《ゆうかん》で忠実《ちゅうじつ》なぼくたちの船員仲間たちが、その船のいたるところからどやどやと出てきて、戦いに身を投じたんだ」

とジーンが言った。

「すさまじい光景だったよ。剣が光り、こぶしが飛びかった」

「そして、左足のルイはシャツの胸をビリッと破いて開けて、羽印《はねじるし》みたいな奇妙《きみょう》な入《い》れ墨《ずみ》をいっぱいに入れた分厚《ぶあつ》い胸を見せたんだ。そして、ぼくとトゥーメンを指差し――」

「ぼくたちふたりは並んで戦っていたんだ」

とトゥーメンが言った。

「――ルイが大声で言った。これまでに千人の人を殺したが、殺した人の数だけ胸に印を入れてるんだって。そして、この日を嘆《なげ》くことになるぞって毒づいたんだ。ぼくたちを見つけて殺してやる、ぼくのかわいいコンスタンスは生きたまま皮を剥《は》いでやる、って言ったんだよ」

コンスタンスが毛をフーッと膨らませて、またシーッと声を上げた。

「ああ、怖がらなくていいんだよ」

とジーンがあやすように声をかけた。

「もうあんなことは起こらないようにするからね」

そしてジーンはほかのみんなに視線を戻《もど》した。

「ルイは、ぼくらの船の忠実な乗組員のうち、ふたりを連れて逃げていったんだ。そのとき以来、ぼくたちはずっとヤツを恐《おそ》れて生きてるってわけさ」

ジャックは歯を通して口笛を吹いた。

「ほう、なかなかの物語だな。で、そのうち真実はどれくらいだい？」

「全部さ！」

とジーンが言った。

「ジーンはうそなんかついてないよ」

と、トゥーメンも言った。

「ぼくが前々から考えてた通りだ」

とフィッツウィリアムが言った。

「この話を聞いて、『何かに取り憑《つ》かれたような、残酷《ざんこく》で乱暴《らんぼう》なヤツ』というルイの悪評《あくひょう》がさらに高まったよ」

「ルイにコルテスの剣を持たせるわけにはいかない」

と、アラベラがきっぱりと言った。

「危険すぎるわ」

「まさにおれが前に言った通りだろ?」

と、ジャックが言った。

「しっかりしてくれよ、お嬢さん」

ジャックはもっと近づいてアラベラをのぞき込んだ。緑がかった青い顔をしていて、弱々しく見えた。

「本当にだいじょうぶかい?」

とジャックが聞いた。

「だいじょうぶ」

とアラベラは言った。立ち上がって、手すりに寄りかかると、ジャックを追い払《はら》うように手を振って、海のほうを向いた。

「ちょっと船酔《ふなよ》いしただけよ」

皆《みんな》がそれ以上アラベラに問いただそうとすると、幽霊《ゆうれい》のようなかすかな音が水の中から浮《う》き上がってきた。一瞬《いっしゅん》、全員が——ジャックをのぞいて——凍《こお》りついた。そして、その音は聞こえてきた時と同じく突然《とつぜん》に、また海の上をふわふわと遠ざかっていった。すると、全員がまるで夢から覚《さ》めたかのように動き出し、バーナクル号は激しく揺れ始めた。そして一同が見上げると、目の前に高い山のような島があった。

「うーん、どこから現れたんだ？」

とジャックが言った。

「確信を持って言えるのは」

と、トゥーメンが航海用具《ようぐ》から顔を上げて言った。

「ほんの少し前まで、あの島はあそこになかったってことだね」

第3章

決闘！ ジャック対海獣

トゥーメンは操舵輪《そうだりん》から一歩離《はな》れ、その場所をジャックに譲《ゆず》った。フィッツウィリアムは、小型望遠鏡で島の方を見ている。

「何だかよく見えないな」

と、フィッツウィリアムが言った。

「そこに島があるようにも見えるんだが、同時に……ないようでもある。望遠鏡で見ると、雲か霧《きり》みたいに見えるだけなんだよ」

ジャックは、片腕《かたうで》を操舵輪のいちばん上にゆったりと載《の》せ、前方をじっと見つめていた。太陽がゆっくりと沈《しず》んでいるところで、水平線が金色とピンクと紫《むらさき》の影《かげ》で縞模様《しまもよう》になっている。

「あれに向かって進め」

と、ジャックが命令を下した。

「正気《しょうき》か？」

と、フィッツウィリアムが聞いた。

「正気さ。でも、いつも『正気か』って聞かれるのはちょっとうんざりなんだけど」

「どうしてあれに向かって行くんだよ。あの島がどこから現れたかもわからないし、その正体《しょうたい》が何なのかもわからないんだぞ」

と、フィッツウィリアムは食《く》い下がった。

「いいかい、フィッツィー。航海中にただごととは思えない何かが起きたら、例えば、どこからともなく大きな島が現れたりしたら、それが起きたという何らかの理由を確かめてみるのが賢明《けんめい》だろう。その理由を探《さぐ》りたいと思っていれば、必ずではないけれどたいていの場合、大きな力や宝物に導いてもらえるんだ。それに、おれはこの船の船長だぞ。わかったかい？」

「承知しました。『船長』」

と、フィッツウィリアムが不快なほどつっけんどんに言った。

「これについてはよくわからないね」

と、トゥーメンが言った。

ジャックが何も言わずに島を指差し、船は進んでいった。

「前に海が荒《あ》れたときのことを考えると」

と、ジーンが言った。

「島が沈下《ちんか》している時、穏《おだ》やかな海が突然《とつぜん》荒れることがある」

ちょうどその時、再びむせび泣きのような音が聞こえてきた。それは奇妙《きみょう》で迷わすような音だったが、美しい音でもあった。少なくとも、大部分の乗組員はそう思った。

「あのおぞましい音はいったい何だ？」

と、ジャックが言った。

「あたしはきれいな音だと思うけど」

と、アラベラが言った。

「それに、とっても……悲しい感じ」

と続けながら、今にも泣き出しそうなのがはっきりわかる。ほかのみんなもすっかりうっとりとなっていた。ジャックはけげんそうな顔をしている。

その音を聞いている間、一同は眠気《ねむけ》を感じていたが、音が聞こえなくなると、眠気も払《はら》いのけられた。しかし、その影響《えいきょう》が完全に消える前に、バーナクル号は前よりももっと激しく揺《ゆ》れ始めた。船のまわりの濁《にご》った海水から、まるで海中で大砲《たいほう》が放たれたような勢いで、巨大な獣《けもの》がうなりをあげながら飛び出てきた。

「クラーケンだ！」

と、アラベラが叫《さけ》んだ。ウナギのような体を持った怪物《かいぶつ》が、バーナクル号を叩《たた》きつぶそうとして、まわりの海面に体を打ちつけている。

「ちがう！　クラーケンはもっと大きくて、足がたくさんあるし、ひどい臭《にお》いがするはず……。これは別のものだ！」

とトゥーメンが言った。

「だけど、見た目も臭いも……やっぱり危険であることに違《ちが》いはない」

と、ジャックが叫んだ。

「剣《けん》を取れ！」

全員が急いで戦う準備をしている時、その怪物がしならせた体を海面に打ちつけていたが、その時に顔が見えた。あごが巨大《きょだい》で、簡単にバーナクル号をかじる

ことができそうだ。そして、あごの内側には、鮫《さめ》の歯のように、歯が何列にも重なって並んでいる。怪物は、ルビーのように赤い目で怒《おこ》ったようにバーナクル号の乗組員《のりくみいん》をにらみつけ、シュッーッという音を立てたかと思うと、腐《くさ》った魚のような臭いがする緑色の粘液《ねんえき》を吹《ふ》きかけてきた。

「わっ！」

と、アラベラが叫んだ。

怪物はバーナクル号めがけて襲《おそ》いかかってきた。ジャックがフィッツウィリアムに目で合図を送った。怪物が船からほんの数メートルに迫《せま》った時、その片方の目にジャックが剣を突《つ》き刺《さ》し、フィッツウィリアムが怪物の横腹を攻撃《こうげき》した。刺された目の傷口《きずぐち》からピンク色の液体が飛び散って、ダラダラと流れ出た。怪物はうめき声をあげ、少しの間ひるんでいた。海面に浮かぶピンク色の油膜《ゆまく》みたいなものに包まれ、ぐにゃっと横たわっていて、打ちのめされたかのように見えた。

だがその後、怪物は、少なくともバーナクル号と同じくらいはあるその巨大な体をくねらせると、空中高くまっすぐに体を立て、バーナクル号の方に向きを変えて、体当たりを加えてきた。

ジャックは叫び声をあげて飛びのいた。ほとんど躊躇《ちゅうちょ》せずに、船の手すりに跳《と》び乗ると、構えの姿勢をとって気を静めた。

「ジャック！　いったい何をするつもり？」

と、アラベラが大声で呼びかけた。

怪物は明らかに攻撃態勢《たいせい》に入っていて、ジャックはその進路に立ちはだかっているのだ。

「あの怪物の腹を攻撃するのさ」

ジャックはそう言って、剣を片手にウィンクして見せた。怪物が前に体を倒《たお》してきたとき、ジャックは船の横から怪物の上に飛び移り、落ちないように怪物のひれをつかんだ。怪物がジャックを振《ふ》り落とそうとして体をしならせたので、バーナクル号の乗組員はハッと息を呑《の》んだ。だが、ジャックはしっかりとつかんだ手を離さなかった。

怪物は巨大な口を開け、ジャックを丸呑《まるの》みしようとして首を曲げた。だが、自分の首をなめようとする動物と同じで、怪物の口の真下《ました》にいるジャックにその口は届かなかった。

「この獣から船を遠ざけろ！」

と、船にいる仲間に向かってジャックが叫んだ。

「何？」

アラベラが叫んだ。怪物のうなり声と水のうねる音が邪魔《じゃま》してよく聞こえないのだ。ジャックは、怪物の目の傷から流れ続けている液体と、あごから滴《したた》り落ちている魚臭い緑色の粘液を全身に浴びていて、そのせいでひれを握《にぎ》っている手が滑《すべ》りやすくなっている。

「船だ。離れろ！　さあ！」

とジャックはさっきと同じことを繰《く》り返し言った。

「聞こえないんだ！」

と、フィッツウィリアムが言った。

ジャックは、右手が何度も怪物のひれから滑り落ちるので、何とかもっとしっかりとつかもうと、手をいったん離して、すぐにひれをつかみ直したところ、そのひれが怪物の体から剥《は》がれ落ちた。

怪物がそれまでよりもさらに大きなうなり声をあげ、バーナクル号にいる仲間たちは恐怖《きょうふ》のあまり呆然《ぼうぜん》となった。

「船を遠ざけた方がいいんじゃないか」

と、ジーンがジャックに向かって怒鳴《どな》った。

「その通りだ!」

と、ジャックが怒鳴り返した。ジャックは今では、たった一枚のひれからぶら下がっている。

「何ですって?」

何が何だかわからない状態で、アラベラはジャックの言っていることが聞き取れず、聞き返した。

「とにかく離れろ!　行くんだ!」

とジャックが叫んだ。その時、怪物が頭を上げて体をまっすぐに立たせると、それからジャックを海面に叩きつけた。ジャックは手を離さずに持ちこたえている。そして、怪物が再び海面に体を打ちつけ、狂《くる》ったように遠吠《とおぼ》えをしながら前と同じように上体を起こしたその時だった。ジャックは剣を取り、それを怪物のあごの真下に突き刺すと、そのまま上から下まで滑り落ち、怪物を切り開いた。分厚《ぶあつ》い皮がパックリと開いて、赤黒い血で覆《おお》われた青っぽい内臓が現れた。怪物は狂ったように頭を振り、緑色の粘液を海面いっぱいに撒《ま》き散らした後、ジャックを下にして崩《くず》れ落ちた。

少しの間、海面は静かで動かなかった。全員が唖然《あぜん》としたまま水面をじっと見つめ、ジャックが浮《う》かび上がってくるのを待った。だが、その気配《けはい》はない。

「ああ、なんてこと……」

と、アラベラが手を口にあてて言った。

その時、突然、船の後ろからザブンという大きな音が聞こえ、また何かが勢いよく水の中から飛び出してきた。

「ジャック！」

とフィッツウィリアムが叫んだ。ジャックに会えて心から喜んでいる。

「誰《だれ》だと思ったんだい？　デイビー・ジョーンズか？」

と、ジャックがからかった。

一同は船から顔を出し、怪物のぎとぎとした体液がたまった海面にその死体が横たわっているのを眺《なが》めた。

「まあ、何というか」

と、ジャックが言った。

「いい方に考えれば、これで船いっぱいの肉が手に入ったから、この先ずっと食《しょく》糧《りょう》の心配は不要だってことだな」

第4章

石になったクルー

バーナクル号は、ゆっくりと海底に沈《しず》んでいった海の怪物《かいぶつ》をあとにし、さらに前進した。水平線に突然《とつぜん》現れた島をとりまく霧深《きりぶか》い海域《かいいき》にさしかかったが、島そのものはまだ何キロも先だ。海は再び穏《おだ》やかで静かになっていて、聞こえるのは、板がきしむ音とバーナクル号の船体にぶつかる波の音だけだった。

そしてその時、それとは違《ちが》うあの音がまた聞こえてきた……美しく、耳について離《はな》れず、うっとりとして、わけがわからなくなるようなあの音だ。

ジャックは、たった今自分が倒《たお》した怪物と同じような海の獣《けもの》が遠吠《とおぼ》えをしているのだろうかと思った。

「こっちに来てみろ、怪物め」

ジャックは、警告するかのようにこぶしを振《ふ》りながら、海に向かって叫《さけ》んだ。

「おまえの仲間と同じ目に遭《あ》わせてやるぞ！」

ジャックは身構えた。が、乗組員を見回すと、誰《だれ》もそれに反応を示していない。ジャックが次なる戦いに備えているのに、彼《かれ》らはだらだらとくつろいでいる。

アラベラは手すりのところに立って、暗い顔で海をじっと眺《なが》めている。フィッツウィリアムは樽《たる》の上に座《すわ》って、自分の剣《けん》をさやから抜《ぬ》き、スカーフを剣の上に大きく滑《すべ》らせて、ゆっくりと磨《みが》いている。トゥーメンは、アラベラが甲板《かんぱん》に置いていったアストロラーベを拾い上げ、星の動きを調べているようだ。おかしなことに、空にはまだ星がまったく見えない。ジーンはコンスタンスを繰《く》り返し撫《な》でつけている。コンスタンスはジーンの腕《うで》の中でだらりと寝《ね》そべっている。

「いったいこのざまは何だ！」

と、ジャックが叱《しか》りつけた。

「おれたちが船を出しているのは――」

ジャックの声がぷつりと途切《とぎ》れた。風に乗って聞こえてくるあの音が大きくなったのだ。それは歌のようだが、歌ともちょっと違《ちが》う。歌詞がなく、音だけなのだ。ひとりの声なのか、たくさんの人の声なのか、それもよくわからない。確かに歌われてはいるのだが、そのメロディーはあまり歌らしくない。同じフレーズが繰り返されることもないし、鼻歌で歌えそうな旋律《せんりつ》もない。ジャックは、その音を自分の耳で聞いているのか、それとも自分の頭の中に入り込《こ》んできたその音を頭の中で聞いているのか、よくわからなくなっていた。その音は、海の怪物の触手《しょくしゅ》のように、ジャックに巻きついている。

ジャックは、音を振り払《はら》おうとして、頭を前後に激しく振った。そして、その音に耐《た》えながらまっすぐに立つと、ゴホンと咳払《せきばら》いをした。

「仲間よ」

と、乗組員《のりくみいん》に向かって言った。

「今こそまさに――」

と言いかけたその時、突然《とつぜん》、帆桁《ほげた》が揺《ゆ》れてジャックに向かってきたので、ひょいと身をかわした。

「おい！」

ジャックはロープをぐいっと引っ張りながら叫んだ。

「トゥーメン！　ジーン！　ちゃんとやってくれよ」

ふたりのベテラン船員はジャックを無視しているので、ジャックは舵《かじ》を離して

船尾《せんび》に行き、ロープを綱止《つなど》めに強く結んだ。ロープの余った部分がこんがらかっているが、ジャックは、

「あとで直そう」

とつぶやいた。

バサッ！　突然、帆《ほ》が３枚ともいっせいに巻き上がる音を聞いて、ジャックは飛び上がった。

「なんてことだ――」

と、ジャックは怒《おこ》った口調でつぶやいた。どうやって全部を一度に直そうかと思い、甲板の中央に大股《おおまた》で歩いていった。

「ジーン！　トゥーメン！」

と、ジャックが大声を出した。

「船首《せんしゅ》の三角帆《さんかくほ》とフォースルを調節してくれ。アラベラとフィッツは、主帆《しゅはん》をたのむ！」

誰も動かない。

バン！　ジャックは再び飛び上がり、帆が広がって元の位置に戻《もど》りつつあるのをいぶかしげに見上げていた。

明らかに何かがこの船をコントロールしている。力の強い、目に見えない何かが。あの奇妙《きみょう》な音と関係があるのだろうか?と、ジャックは思った。

「とりあえず、帆は自然に元に戻ったようだから、おまえたちにはほかに言うことがあるぞ！」

と、乗組員をにらみつけながらジャックは言った。厳《きび》しく叱《しか》りつけようと口を開いた。が、その時、操舵輪《そうだりん》が狂《くる》ったように回転しているのに気づいた。大急ぎでそこに戻り、何とかコントロールしようとしている。

「ちょっと手伝ってくれ」

と、ジャックは大声で呼びかけた。

誰も反応しない。

ジャックは、舵の正面に立つため甲板に背を向け、操舵輪と格闘《かくとう》している。突然、心を持っているかのように舵が動きだした。ジャックが舵を一方へぐいっと動かすたびに、それと反対方向に戻ろうとする強い力がかかる。誰かが船の下で舵を動かしているような奇妙な感じがした。水平線に見えるあの島に船が近づかないようにしているのではないだろうか。

ジャックはたまりかねて目を固く閉じた。バンダナをはずして顔を拭《ふ》こうと、操舵輪を放した。まるで気まぐれなコマのようにぐるぐると回転している操舵輪を、ジャックは唖然《あぜん》として見つめている。その時、それがぴたっと止まった。そしてジャックが再びそのコマに手を伸《の》ばした瞬間《しゅんかん》、また狂ったように回りだした。一方へグルグルと回ったと思ったら、次の瞬間には反対の方向に回る。ジャックは、操舵輪の狂ったダンスから手を引いた。

「よし。そっちだ！」

と、ジャックは操舵輪に向かって叫んだ。

乗組員は誰ひとりとして、ぴくりとも動く者はない。もしもそれぞれが自分のやっていることを、ぼんやりと、気だるそうに、黙《だま》ってやり続けているのでなかったら、ジャックはきっと、みんなが不思議な力で石の像に変えられてしまったのだと思ったことだろう。沈みかけている太陽が、甲板に長い影《かげ》を落としている。

ジャックはフィッツウィリアムの目の前に飛び降りた。

「戦闘準備《せんとう》!」

ジャックは、フィッツウィリアムが剣を振りかざして船首に向かって走っていくのを期待して、そう叫んだ。しかし、この若い貴族は、依然《いぜん》としてスカーフを剣の刃《は》の上から下まで行ったり来たりさせている。ジャックは苛立《いらだ》たしげなため息を吐《は》いた。何をしても埒《らち》があかない。

ジャックは船を横切って、海をじっと見つめているアラベラのところに行った。

「何がそんなにおもしろいものがあるんだい?」

とジャックが聞いた。

アラベラは返事もせず、動きもしないで、ただ手すりを握《にぎ》って、長い髪《かみ》を風に泳がせている。

「なあ。あんたがずっとそうやって像のようにしていたいならさ、お嬢《じょう》さん。どうぞご勝手に。だけど、おれは船を進ませなくっちゃならないんだ」

ジャックはそう言って、アラベラのところから離れた。

今度は甲板の中央にいるトゥーメンのところに行った。アストロラーベを調節しているところだ。

「おじゃまして申し訳ないんだが、ねえ、きみ」

とジャックは話しかけた。

「上下さかさまに持っていて、いったいどんなふうに役立つんだい？」

トゥーメンは何も耳に入っていない様子《ようす》だ。

ジーンはコンスタンスを撫でていた。というか、撫でようとしていた。コンスタンスはジーンの腕をすり抜けて甲板の上に逃《に》げて行った。足を投げ出して寝転んでいる姿は、ふにゃふにゃのぬいぐるみのようだ。厄介者《やっかいもの》だが元気のいいこの猫には、めったにこんなことはない。だが、ジーンの両手は、まるでまだ猫《ねこ》が腕の中にいるかのように、上から下へ、下から上へと動き続けている。

「どうしたんだよ。ついさっき、海の怪物に殺されかけたのを忘れちまったのかい？　さあ、立つんだ！　危険な海域《かいいき》なんだぞ！」

と、ジャックが大声で言った。

ジャックはトゥーメンとジーンに歩み寄った。だが、突然、さっきまで聞こえていた歌の高さが変わり、ずっと柔《やわ》らかい音になった。すると、アラベラは震《ふる》えだし、ジーンは両手の指をぎゅっと組み合わせた。トゥーメンはアストロラーべをさわるのをやめ、フィッツウィリアムの剣を磨く手の動きはだんだん遅《おそ》くなり、やがて止まった。

さっきのメロディーはまだ船のまわりで鳴り響《ひび》いていたが、もう今はささやくような音になっている。ジャックには、その歌が甲板の上を端《はし》から端までうねりながら進み、今、海の方に帰ろうとしているように思えた。

乗組員はいつもの彼らに戻りつつあるように見えたが、その時突然、その音が明らかに大きくなった。全員がまた固まってしまい、船の帆はマストが巻き上がったり下りたりしている。帆桁《ほげた》が前後に揺れ動き、ロープは自然にほどけた。ジャックは慌《あわ》ただしく行動を開始した。船じゅうを駆《か》け回って、手を伸ばしたり、引っ張ったり、押《お》したりしたし、それに何よりも大声で叫んだ。ジャックは今、頼《たよ》れるのは自分だけだった。どんなに命令をくだしても、誰ひとりそれに反応しないのだ。

ハアハアと息を切らし、汗《あせ》をかき、信じられないほど怒《いか》り狂いながら、ジャック・スパロウはすっかり操舵輪のなすがままになっていた。舵は自分で進路を設定し、島から遠ざかろうとしていたが、ジャックはそれに抵抗《ていこう》するのをやめた。こうなったら、どこへ向かうのであっても、無駄《むだ》にうろうろとしているよりはましだ。

「どっちに向かっているのか確かめた方がいいな」

と、ジャックはつぶやいた。ポケットから方位磁石《ほういじしゃく》を取り出して、それを覗《のぞ》き込んだが、もうあたりは暗くなりかけていた。松明《たいまつ》に灯《ひ》をともす必要があった。それはいつもはアラベラの仕事だったが、今夜はアラベラがそれを引き受けそうにもない。

方位磁石の針は、どういうわけだかあっちを向いたりこっちを向いたりしている。北を指していないのだ。南も指していないし、東も西も指していない。ただあてどなく回っている。

「うーん、これは困ったな」

と、ジャックが淡々《たんたん》と言った。

ジャックは方位磁石をポケットに突っ込んだ。

「ようし、こっちはどうだろう」

と言って、船の羅針盤《らしんばん》を見た。この針もゆっくりとグルグル回転していた。時計の針がすごいスピードで回っているみたいである。道具も、ジャックの「乗組員たち」と同じくらい役に立たなくなっている。ジャックは、仲間たちがもっとよく見えるように、船を横切って手すりのところまで行った。全員、眠《ねむ》ってしまったようだった。起こしておいて何の役にも立たないのと比べて、どっちがよいのか悪いのか、ジャックにはよくわからなかった。

ジャックはブツブツ言いつつ、うっかり誰かを蹴飛《けと》ばしてしまわないように気をつけながら（何回か蹴飛ばしてしまったが）、船首に向かって大股で歩いて行った。奇妙にも星のない闇夜《やみよ》をジャックがじっと目を凝《こ》らして見ていると、風が強まり、バーナクル号をぐんぐんと進ませた。

第5章

仲間割れ

朝が来て、目をショボショボさせたジャックが、ぐったりした様子で舵《かじ》の前に立ち、昇《のぼ》りつつある太陽をじっと見ている。ジャックは一睡《いっすい》もしなかった。一晩中、迫《せま》りくる海の怪物《かいぶつ》と奇妙《きみょう》なメロディーが次々に襲《おそ》ってくる中で、眠《ねむ》るという選択肢《せんたくし》はないように思えた。特に、このバーナクル号を統率《とうそつ》するべき立場にいるのが自分しかいないというこの状況《じょうきょう》では、眠ってはいられない。

「あんなにずっと音が聞こえていたのに、おまえら、どうして眠れるんだよ」

と、いびきをかいている乗組員《のりくみいん》に向かってジャックがぶつくさ言った。だが今は、その音もとても弱くなって、ほとんど聞こえなくなっている。

「急げ！　兄弟！」

ジャックは甲板《かんぱん》を闊歩《かっぽ》し、大きく手を叩《たた》きながら、乗組員の間を歩き回った。そして船首《せんしゅ》まで行くと立ち止まり、くるりと向きを変えて仲間たちを見下ろし、首を振《ふ》った。誰《だれ》ひとり、寝返《ねがえ》りすら打っていない。

ジャックはフィッツウィリアムの上にかがみ込《こ》んだ。そして、眠っているこの男の耳元で

「おーい！　さあ！」

と叫《さけ》んだ。

「えっ？　何者だ？」

と、フィッツウィリアムがまっすぐに起き上がり、すっかりピカピカになった剣《けん》をつかんだ。

「はい。おはようございます」

と、ジャックが言った。

「王子様、よくお休みになれましたか？　それはよかった。仕事に戻《もど》る時間ですからね！」

「仕事？」

とフィッツウィリアムが困惑《こんわく》してたずねた。

「この船を動かすことだよ、この甘《あま》やかされた軟弱者《なんじゃくもの》め！」

「ダルトン家の名誉《めいよ》を侮辱《ぶじょく》するな」

とフィッツウィリアムが警告した。

「後悔《こうかい》することになるぞ」

「いいかな。第一に、おれにはこんなことで言い争っている時間はない。そして第二に、いや、別に第二にする必要もないな」

と、ジャックがきっぱりと言った。

「さあ、この役立たずの荷物たちを起こすんだ。そうすれば、この船を、あの突《とっ》然《ぜん》現れて消えてまた現れる島へ向かう軌道《きどう》に戻すことができるからな。命令だぞ」

と、声を張り上げて言った。それから、高慢《こうまん》ちきな感じで言い添《そ》えた。

「それに、貴族のダルトン家の方々でさえも、船長の命令に従わないと軍法会議にかけられることになるからな」

「ほらまたこの船長気取りだ」

と、フィッツウィリアムがブツブツ言った。

「きみは船長じゃない。ジャック」

ジャックは眉《まゆ》をつり上げた。

「もう一度言ってみてくださいませんか?」

ジャックは警告を込めた調子で言った。

「ぼくたちは、5人の若者と1匹の猫《ねこ》が……海で迷ってる……って感じさ」

と、フィッツウィリアムが答えた。

ジャックは顔をしかめた。だが、言葉を返そうと口を開きかけた時、甲板の反対の端《はし》から叫び声が聞こえた。それはコンスタンスに突然起こされたアラベラの声だった。コンスタンスは後ろ足で立ち、アラベラに向かってシーッと声をあげている。

「コンスタンス!」

やはり突然起こされたジーンが叫んだ。

「このマドモアゼルを怖《こわ》がらせちゃだめじゃないか!」

猫は後ろ足で立ったまま、その足を引きずって歩いていった。ジャックたちは皆《みんな》、驚《おどろ》いてそれを見ていた。

「よくこんなふうに歩くのかい?」

と、ジャックがジーンに聞いた。

「いや、今までにこんなことはしたことがないよ」

「うーん、あたしの見るところ、これはかなり珍《めずら》しいことよ」

と、アラベラが雨風にさらされた洋服の埃《ほこり》を払《はら》い落としながら、きっぱりと言った。

トゥーメンが操舵輪《そうだりん》のところに立って舵をとっていたので、アラベラはトゥーメンの横に移動して——そしてコンスタンスから離《はな》れて——航海術《こうかいじゅつ》の訓練の続きを始めた。ジーンは主帆《しゅはん》の方へ行き、フィッツウィリアムは船首《せんしゅ》に行った。

その時、またあの歌が聞こえてきた。ジャックには、その歌が重みをもっているように感じられた。音というよりも何かが存在しているような感じだ。

ジャックはポケットから方位磁石《ほういじしゃく》を引っぱり出した。ほんの少し前まではちゃんと北を指していたのに、今はもう壊《こわ》れている。文字盤《もじばん》の上を回転することもなければ、いろんな方向を指すこともない。まったく動かないのだ。ジャックはその磁石を右舷側《うげんそく》に向け、次に左舷側《さげんそく》に向け、船首に向け、そして船尾《せんび》に向けた。

だがまったく動かない。

「くそっ!」

ジャックは、この道具を海にほうり投げたい衝動《しょうどう》を抑《おさ》えながらそう言って、方位磁石をポケットにしまった。

ジャックは舵のところに行き、

「どの針路を進むんだ?」

とアラベラに聞いた。

アラベラは肩《かた》をすくめただけだった。

ジャックがバーナクル号の羅針盤《らしんばん》を見ると、針が前後にゆっくりと揺《ゆ》れている。

「なあ、トゥーメン」

ジャックはこの若い船乗りに片腕《かたうで》を回し、にっこりとして言った。

「おまえは真のガリレオだよ。航海用の道具も持ってるし、陸と海の位置関係なんかもばっちりわかってるだろう? おれたち、ここから抜《ぬ》け出せるかい?」

「今は星が出てないから」

と、トゥーメンが言った。

「夜空を見ないと何もわからないよ」

「ゆうべ、そう言ってくれたらよかったのに」

と、ジャックが言った。

「じゃあ、おれはどうしてゆうべ、そう聞かなかったのかって？　そういえばそうだな」

ジャックは皮肉たっぷりに付け加えた。

「でも、おまえさんは眠るのに大忙《おおいそが》しだったからね。死んだように眠ってたもんな」

ジャックは舵から離れ、甲板の上を歩き回り始めた。

「つまり」

と、話し始めた。

「どこに向かっているのかはわからないが、かなりのスピードであそこに向かって進んでいるようだ。この辺の海域《かいいき》では、海の怪物《かいぶつ》がうろつき、爪《つめ》でトタンを引っかいた時のような感じのする耳障《みみざわ》りな音が聞こえてくる。それに加えて、幻影《げんえい》のような島がときどき忽然《こつぜん》と姿を現す、というわけだ。こいつはすごいぜ」

ジャックは、お手上げだというように両手を挙《あ》げた。

「いいか、みんな」

と、ジャックは甲板を行ったり来たりしながら、きっぱりと言い渡《わた》した。

「きみたちのゆうべの見苦しくて勝手で、だらだらした不愉快《ふゆかい》な態度は水に流すことにする。だが、このことははっきりさせておこう。きみたちがバーナクル号で航海をするつもりなら、自分の仕事をしっかりこなしてもらう。それができないなら、次の港で船を降りるんだ」

ジャックは船のまわりの広大な海を見回し、そしてこう締《し》めくくった。

「次の港がどこであってもだ。いいな?」

歌のような音がずっと大きくなった。

「ぼくは、どうしてぼくたちがここにいるのかと疑問に思い始めているんだ」

と、フィッツウィリアムが言った。

「すみませんけど、フィッツィー」

と、ジャックが言った。

「※この船で航海に出たがったのは、あんたじゃなかったですか？　おれたちといっしょに航海する権利をかけて戦ったのは、あんたじゃなかったのかい？」

フィッツウィリアムは、うんざりしたように目玉をぐるりと回した。

「時おり高い波が来ているせいで、そのすんばらしい頭が揺り動かされて、前はあったはずの分別《ふんべつ》がなくなっちゃったんじゃないかい？　なあ」

「前に言ったはずだぞ。もう二度とは言わないからな」

と、フィッツウィリアムが言った。

「ぼくとぼくの家族の名誉を侮辱するな」

「けさはみんなピリピリしてるね」

とジャックが言った。

「言わせてもらえればだな、全員がちゃんと配置につかないと迷惑《めいわく》するのは、このおれなんだ。船が狂《くる》ったようになった時、一睡もしなかったし、まわりをじっと見張っているおれの負担《ふたん》はすごかったんだからな」

「船が狂ったようになるなんて、あり得ないよ」

と、ジーンが手すりのところから、ばかにしたように言った。

「お言葉を返すようですが」

と、ジャックがくるっとジーンの方に向き直って言った。

「ゆうべ、あんたがちゃんと起きていたら、この船がどんな状態になったかが正確にわかっただろうよ。とにかく、計画どおりの任務《にんむ》に戻らせてもらえませんかね」

と言って、ジャックは両手の指を組み合わせ、お辞儀《じぎ》をした。

「任務だって？」

と、フィッツウィリアムがこばかにしたように言った。

※ そう、ジャックの言う通り。第1巻『嵐がやってくる！』を参照のこと。

「こんなのは、せいぜい『愚《おろ》か者《もの》の無駄骨《むだぼね》』ってところさ」

「今、何て言った？」

ジャックはきびすを返してフィッツウィリアムと向き合った。

「これは、おれが指揮する任務だ。ていうことは、おれが『愚か者』だってことだよな？」

フィッツウィリアムは肩をすくめて言った。

「それならそれでいいけど」

ジャックは、この背の高い若者に詰《つ》め寄《よ》った。

「もう一度申し上げておきますが、貴族の坊《ぼっ》ちゃん」

と、一語一語をはっきりと正確に、さらにはところどころを巻き舌で発音した。

「あんたはいっしょに行かせてくれと頼《たの》んだんだ。どうしても、ってな。それに、あんたはおれたちに負けず劣《おと》らず、コルテスの剣とさやをいっしょにさせたがってたじゃないか」

「あのときは、この任務がどんなに馬鹿《ばか》げたものなのかわかっていなかったんだ」

と、フィッツウィリアムが言った。

「乱暴《らんぼう》で残酷《ざんこく》な、そしてもちろんいまいましい海賊《かいぞく》をやっつけるのがどんな感じか、あんたがそれを体験したのは2~3日前のことじゃないか。ダルトン家の制《せい》約《やく》から解放されて宝物を見つけたり、海を航海する自由を感じたりしていたはずだ。それから、つい昨日はちゃんとその剣で」

と言って、ジャックはひと息つき、アラベラに目配せをした。

「荒《あ》れ狂う海の怪物を殺したんだ。歴代《れきだい》の王や魔法使《まほうつか》いだって夢に見るだけだったことを、あんたはやってきたんだぜ」

ジャックは迫力《はくりょく》いっぱいの熱意を込めて語った。

「これは生涯《しょうがい》にまたとない任務なんだ。わかるだろ?」

「ぼくの生涯にやることじゃない」

と、フィッツウィリアムは答えた。

「断っておくが、この船の船長は誰かな」

とジャックが言った。

「で、誰がそれを決めたんだ？　ぼくたちが決めたんじゃないぞ。船長は乗組員が選ぶんじゃないのか？」

フィッツウィリアムは両腕を組み、足を大きく広げて立ち、ぐんと踏《ふ》ん張った。

ジャックはこのけんか腰《ごし》の若者をじっとみつめた。ほかの皆《みんな》は黙《だま》ったままである。それは、ジャックとフィッツウィリアムのけんかに介入《かいにゅう》してはいけないと思ったからなのか、それとも、あの音を聞いたことで驚くほど無関心になった影響《えいきょう》がまだ残っているのか、それはさだかではない。

「あんたが覚えてるかどうかわからないが」

と、ジャックはよどみなく言った。

「おれはあんたたち全員に支持《しじ》されて、船長に任命《にんめい》されたんだ。それにだ」

ジャックはにやっとして付け足した。

「方位磁石を持っているのは、このおれだ」

「使えない方位磁石だろ。あんたの頭と似たようなもんだ。こんなの船じゃないさ。おんぼろのボートだよ。あんたは船長じゃなくて、頭のおかしい変わり者だ」

と、フィッツウィリアムが言った。

「それを言っちゃおしまいだぜ、フィッツ」

ジャックは、無意識に片手で腰の剣をつかみ、鋭《するど》い口調で言った。

「剣をしまえよ。まったく大げさなんだから」

と、フィッツウィリアムが見下したように言った。

「いいか。この任務は絶望的だ。ぼくはこんなばか騒《さわ》ぎに名を連ねるのはお断りさ。ぼくたちには、ルイのような海賊と対決する人手《ひとで》も手段《しゅだん》もないんだから」

「もちろんあるさ！」

とジャックが言い返した。

「それに、あんたもそう思っていたんだぞ。えーと、ついさっきまではね。おれたちはこの任務をあきらめたりしない」

「あんたの気が変わらないなら、さっき言った通り、次の港でぼくを降ろせばいいさ」

と、フィッツウィリアムが言った。

「ほう。で、そうしたいのはなぜだい？」

と、ジャックが聞いた。

「見つけた宝物のうち、ぼくの取り分を持っていく」

と、フィッツウィリアムが言った。

「陸軍将校《りくぐんしょうこう》の地位《ちい》を手に入れるんだ。そして勇敢《ゆうかん》に指揮《しき》をとり、必ずダルトン家の名を輝《かがや》かしいものにしてみせる」

「何とまあ！」

ジャックは笑いながら首を横に振った。

「あんたがかい？　第一にさ、率直《そっちょく》に言うけど、あんたはちょっと——どう表現すればいいんだ——『指揮官』には向いてないよ。それにもちろん、あんたはまさにその生活から逃《のが》れて、こうしてここにいるんじゃないか」

と言うと、ジャックはアラベラに
「頭がおかしいのはどっちだろうね」

とささやいた。

「よくもぼくの名誉を傷《きず》つけやがって！」

フィッツウィリアムはすばやく剣をさやから抜いた。

「『名誉を傷つけた』だって？　そんなことは何にもしちゃいないぜ。いったい何の話だい？」

と、ジャックは言った。

「この船を港に入れてくれ」

フィッツウィリアムの声がだんだん険《けわ》しくなっていく。

「そこでぼくは船を降りる」

「いいかい、フィッツィー。別にどうしてもあんたを引き止めたいってわけじゃないんだけど」

と、ジャックは、ぞんざいに剣を振り回しながら、穏《おだ》やかに言った。

「あんたは船乗りとしてはあまり優秀《ゆうしゅう》じゃない。だが、さっき言った方針からははずれるけれど、おれは乗組員の指図は受けない。それに、あんたを降ろすために、ルイの航跡《こうせき》からはずれて遠回りするつもりはないんだ」

「おれの言うとおりにするんだ」

「いやだ。しない」

と、ジャックが言った。

「繰《く》り返す。ぼくのしたいようにさせろ。じゃないと、ただではすまないぞ！」

「あんた、われを忘れてるよ」

と、ジャックはあざけるように言った。

「もう一度言っておくが、あんたがなんと言おうと、おれはこの船の船長なんだ。そして、船の上では、船長の決定は絶対だ」

フィッツウィリアムはジャックに飛びかかった。ジャックはすばやく船べりに跳《と》び乗り、マストの見張《みは》り台《だい》まで続いている縄《なわ》ばしごをつかんだ。フィッツウィリアムは、肩すかしを喰《く》らってよろめいた。ジャックは縄を握《にぎ》って、縄ばしごのまわりをぐるりと一周すると、フィッツウィリアムの背中を思い切り蹴飛《けと》ばした。フィッツウィリアムは前につんのめって、頭をマストに強くぶつけ、甲板に崩《くず》れ落ちた。

「ああ、なんてこと」

と、アラベラは叫んだが、舵のところから動かない。

「悪かったな、フィッツィー」

と言うと、ジャックは縄ばしごから跳び下り、気を失っている若者の横に着地した。

「こうするしかなかったんだ」

ジャックはフィッツウィリアムの体を起こしてメインマストに立てかけると、どの結び目もきちんと固くなるように気をつけながら、そこに縛《しば》りつけた。

「これで、どこにも行けないぞ」

と言いながら、仕事がうまく完了《かんりょう》したというように、両手を擦《す》り合わせた。

コンスタンスがそろそろと甲板に戻ってきて、そっとフィッツウィリアムのにおいをかいだ。

「事が片づいてよかった」

両手をパンパンとはたきながら、ジャックが言った。

「気がついた時には、もう少しまともなことを言えるようになってるだろう。こいつらみたいな貴族はいつもこうだからな。——空《から》いばりして、すぐかっとなる」

「ぼくも同じ考えだ」

と、トゥーメンが言った。

「おや、ありがとよ、トゥーメン」

と、ジャックがにっこりしながら言った。

「いや、フィッツと同じってことさ」

と、アストロラーベから目を離さずにトゥーメンが答えた。まぶしい太陽が照りつけているというのに、トゥーメンはまるで夜空を読み取ってでもいるように、アストロラーベを高くかざしている。

「ぼくも同じだ」

と、ジーンが言った。

コンスタンスが「ミャーーォ」と物悲しげに鳴いた。まるで、自分も同じ意見だとでも言いたげに。

第6章

不吉な〝音〟

ジャックの仲間たちが左足のルイの追跡《ついせき》をやめることにした時、あの歌はまだ続いていた。

「ちくしょう！　このうんざりする音を止めろ！」

と、ジャックが叫《さけ》んだ。耳をふさぎ、頭を振《ふ》って、再び甲板《かんぱん》の上を歩き回り始めた。フィッツウィリアムの長く伸《の》びた足を踏《ふ》まないように気をつけている。

「誰に向かって怒鳴《どな》ってるんだい？」

とジーンが聞いた。

「あれだ。あの歌をうたってるやつらだよ！　ああ、そんなことはどうでもいい」

と言って、ジャックは黙《だま》った。

「ぼくにはジャックの怒鳴る声以外は何も聞こえないけど」

と、ジーンが言った。

「ぼくにも何も聞こえないよ」

と、トゥーメンが言った。

ジャックはアラベラの方を向いた。

「アラベラは？　何が聞こえる？」

「風と波の音」

と、アラベラが答えた。

「きれいだわ」

と言って、感極《かんきわ》まって涙《なみだ》ぐんでいるようだ。

「なんだよ、おまえら。そのいかれた耳の穴をよく掃除《そうじ》しろ」

と、ジャックが叫んだ。

「この任務《にんむ》が馬鹿《ばか》げてるせいで、あんたがおかしくなったんじゃないか」

とジーンが言った。

ジャックはあきれたようにジーンを見た。

「ぼくもそう思う」

と、トゥーメンが言った。

ジャックはそのふたりを指差した。何回か口を開けたり閉じたりしている様子は、まるで、何かを言おうとしたけれど、あまりにあきれてしまって言葉がみつからない、という感じだ。そして、とうとうこう言った。

「つまり、おまえらを見てると、若いやつほどすぐに勇気も忠誠心《ちゅうせいしん》もなくしてしまうってことだな！」

「いや、必ずしも『若いほどすぐに』っていうわけじゃあない」

と、トゥーメンが言った。

「フィッツが最初になくしたからね」

「たしかに」

と、ジャックもあいづちを打った。

「この世の中には、そんなくだらない剣《けん》よりも大事なことがあるんだ」

と、ジーンが言った。

「ジーンの言う通り」

と、トゥーメンが言った。

「このことにどんな価値があるか、教えてやろう」

と、ジャックが言った。体を安定させようとメインマストに寄りかかっていたが、それでも甲板《かんぱん》が横揺《よこゆ》れするたびに体が左右に動いている。

「ひとつ!」

と言いながら、ジャックは指を1本立てた。

「われわれが探している剣は、ものすごい力を授《さず》けてくれる。ふたつ」

そう言って、指をもう1本立てた。

「その力を使えば、われわれは町という町、都市という都市、国という国、そしてそこの人々を支配することができる。3つ」

もう1本の指を立てた。

「そのような力があれば、必ずたくさんのものが手に入る。その最《さい》たるものが自由だ。誰《だれ》にも返事をしなくてよくなるってことさ」

ジャックは力を込《こ》めてこう言った。

「いや、おれ以外の誰にも、ってことだが。それに、おれもほどほどにするから。約束するよ」

ジャックは指を5本とも立てた。

「そうだ、それからあのこと話したっけ？　おまけにさ」

と、ジャックは頭に巻いたバンダナを直しながら言い足《た》した。

「コルテスの剣はきっと、船長室の壁《かべ》に飾《かざ》るのにぴったりだと思う。きれいだろうなあ。これよりも価値のある理由は思いつかないな」

「それよりもずっと価値の大きい理由は」

と、ジーンが不満たっぷりで言った。

「ぼくの妹を人間の姿にもどしてあげることだ」

「ああ、またそのたわごとか。いい加減にしてくれよ」

と、ジャックが言った。ジーンにぎゅーっと抱《だ》きしめられていたコンスタンスが、もがきながらそこから抜《ぬ》け出してきた。コンスタンスは着地の際に少し滑《すべ》ったが、すぐに姿勢を立て直した。そして、すばやく甲板の上を走って、ジーンが皿に載《の》せて置いてやった魚の骨のところまで行き、そのにおいを嗅《か》いでいる。

「今じゃあ、その厄介《やっかい》な猫《ねこ》だけが、唯一《ゆいいつ》ふだん通りにふるまっている乗組員だな」

　と、ジャックが言った。

「妹が猫になってるってことは、ちっともふだん通りじゃないぞ！」

　と、ジーンが叫んだ。

「さあ、スパロウさん。この船の向きを変え、あの入り江《いえ》にあるティア・ダルマの住みかを目指して進むことにしますから。ティア・ダルマが妹にこの呪《のろ》いをかけたんだから、あいつならそれを解けるはずだ」

「悪いがね、坊《ぼう》や。おれはそんな謎《なぞ》めいた話には興味がないんでね。そのティア・ドーラには……」

「ティア・ダルマだってば」

「そう、そのティア・ダルマっていうヤツには、関《かか》わらない方がよさそうだ。ここにいるこの猫らしきもののようなひどい獣《けもの》を生み出すヤツだからな」

　コンスタンスの耳がぺたんと倒《たお》れた。物悲しげな長い鳴き声をあげたかと思うと、ジャックに唾《つば》を吐《は》きかけた。

「おいおまえ！　シッ」

と、ジャックが言った。

「妹にそんなふうに言うな」

と、ジーンが言った。

「さあ、ティア・ダルマに向かって進むぞ」

「だけどその前に、針路を違う方に定めなければ」

と、トゥーメンが口をはさんだ。

「ぼくをユカタンの白い砂浜《すなはま》に降ろしてくれないと困るよ。うちに帰らなくっちゃいけないんだ」

「こっちもかい！」

ジャックはいらいらのあまり、両手を上に向けてお手上げのポーズをとった。

「だめだ」

舵《かじ》に一歩大きく近寄って、ジーンが言った。

「ティア・ダルマのところに行くんだ」

ジーンはトゥーメンを押《お》しのけて、操舵輪《そうだりん》を握《にぎ》ると、グイッと舵を右に切った。帆桁《ほげた》がすごい勢いで振られ、ジャックに向かってものすごいスピードで動いてきて、そのままジャックを引っかけた。

「おい、ちょっと！」

ジャックは帆桁の上から叫んだ。トゥーメンとジーンが船の舵取りをめぐって争っていたので、帆桁は前に行ったり後ろに行ったりしている。

「ユカタンへ」

「ティア・ダルマだ」

「えーと。船長だ。船上だぞ。命令だ。やめろ！」

ジャックが甲板上を前後に引きずられながら怒鳴った。そしてやっと帆桁を離《はな》し、手すりまで転がっていって、揺れ動く帆桁にぶつからないよう慎重《しんちょう》に避《さ》けて立った。そして、争っているふたりの年若い船乗りのところまで大股《おおまた》で歩いていき、舵を握ろうとした。

ジーンとトゥーメンが争うのをやめて、ジャックのほうを見た。

「それ以上近寄るな」

とジーンが警告した。

「この舵をとるのはあんたじゃない」

ジーンの両目に奇妙《きみょう》な光がきらりと見えた。

「おまえ、ちょっと狂《くる》ってるみたいだぞ、ジーン」

と、ジャックが言った。

「なんだか、目がギラギラしてるし、口は泡《あわ》を吹《ふ》いてるし」

ジーンがジャックに気を取られている間に、トゥーメンが舵を握った。

「トゥーメン、舵から離れろ！」

と、ジャックが命令した。

ジーンは自分で舵をコントロールしたかったので、トゥーメンの方を向いてつかみかかろうとした。ジャックは、にやっと笑って、ジーンの後頭部をひじで殴《なぐ》った。トゥーメンは何がジーンにぶつかったのかを見ようと振り向いた。その時、ジャックはにやっと笑ってひょいとかがんだ。揺れ動く帆桁がジャックの背後からやってきて、トゥーメンのあごにまともにぶつかった。この若い船乗りたちはふたりとも気を失った。

ジャックは、ブツブツひとりごとを言いながら、トゥーメンとジーンをマストまで引きずっていき、まだ気を失ったままのフィッツウィリアムの隣《となり》に縛《しば》りつけた。

ジャックは立ち上がって、伸びをした。太陽はまだ照りつけていたが、少し前まではあの消える島を取り巻いていた奇妙な霧《きり》がまた垂れ込めてきた。船は霧にくるまれている。ジャックが霧のすき間をのぞき込むと、大きな緑色の魚のひれみたいなものが少しの間、海面から姿を見せ、そしてすばやく海の下に消えるのが見えた。

ジャックは最初、それらがまた別の海の怪物《かいぶつ》かもしれないと思った。だが、今、海面下にもぐっていったひれは、怪物のものにしては小さすぎる。霧が晴れると、島が再び神秘的な姿を現した。すでに島からずいぶんと遠くまで来ていたようだった。

「いいじゃないか」

ジャックは舵に向かいながら言った。

「海の怪物、消えてはまた現れる島、その次は何だ?」

第7章

アラベラ、死す!?

「恐《おそ》れるな！」

フィッツウィリアムが叫《さけ》んだ。自分をマストにきつく縛《しば》りつけているロープをほどこうと、力を振《ふ》りしぼっている。

「ぼくがきみたちを栄光へと導くぞ！　みんな、ぼくに続け。フィッツウィリアム・P・ダルトン3世とその仲間たちは勝利する！」

「おいおい、誰《だれ》だよ、妄想《もうそう》してるのは」

と、ジャックがブツブツとひとりごとを言った。

「『こんなの船じゃないさ』。『あんたは船長じゃない』」

ジャックはフィッツウィリアムの挑発的《ちょうはつてき》なことばを口真似《くちまね》して言った。

「いいかい、坊《ぼっ》ちゃん。『頭のおかしい変わり者』は、おれじゃなくて、おまえのほうだぜ！」

ジャックは、さっき波の下に消えた謎《なぞ》のひれがまた現れそうな兆候《ちょうこう》はないか、何かほかにも変わった様子がないかと、海を見渡《みわた》している。霧《きり》に包まれたあの島がまた水平線上に姿を現していた。この前にあの島が現れた時に、バーナクル号は海の怪物《かいぶつ》に襲《おそ》われたのだ。ジャックがアラベラの方を向くと、アラベラは手すりに寄りかかっている。これが彼女の習慣のようになっていることにジャックは気づいていた。

「聞こえてるかい？　お嬢《じょう》さん」

アラベラがぼうっとした表情をしているのに気づいて、ジャックが聞いた。

アラベラは何も答えない。ひたすら海をじっと見つめているだけだ。

ジャックはため息をついた。

マストに縛りつけられているトゥーメンが、そこで足をドンドンと思い切り踏《ふ》み鳴らしている。自分の国の言葉で何やら叫んだりわめいたりしているが、ジャックが時おり聞き取れるのは「うち」とか「今すぐ」といった言葉だけだった。

あの歌がまた大きくなってきていて、船の上をその歌がうねりながら進んでいくのを、ジャックは感じとれるような気がした。歌が通り過ぎる時、トゥーメンとジーンの体はだらりと柔《やわ》らかくなり、歌に合わせて左右に揺《ゆ》れ動いているようだった。

「うちへ」

と、トゥーメンがうめき声を出した。

「うちへ帰して」

「ああ、コンスタンス。おまえの呪《のろ》いを解いてやらないと」

と、ジーンが叫んだ。

「ティア・ダルマ……」

コンスタンスは大きな鳴き声をあげると、後ろ足で立ち、奇妙《きみょう》な二本足姿で歩きながら、船室の方へ下りていった。

「またか？」

ジャックは、この猫《ねこ》の行動に戸惑《とまど》って言った。それは、妙《みょう》に滑稽《こっけい》なことでもあるが、同時にとても気がかりなことでもあった。

バン！　船の舳先《へさき》に張られた帆《ほ》が逆風を受けた。帆がバランスを失ったことによって、船が右舷方向《うげんほうこう》に大きく傾《かたむ》いた。ジャックは甲板《かんぱん》の上を横滑《よこすべ》りしていき、転がって手すりを越《こ》えそうになったところで、なんとか止まった。縄《なわ》ばしごをつかんで、体勢《たいせい》を立て直した。

「おーっと。こんなことをしておもしろがってるな?」

と、ジャックはバーナクル号に向かって言った。今では、この船そのものが任《にん》務《む》を妨害《ぼうがい》しようとしているにちがいないとジャックは確信している。

「いいか、こんなことは二度と起こさせやしないぞ」

と言って、ジャックはニヤッと笑った。一方、縛られた乗組員《のりくみいん》たちは、歌ったり、うめき声をだしたり、叫んだりしていて、アラベラは手すりにつかまったまま、悲しげな目をして水平線をじっと見つめ続けている。

「海だよ、アラベラ。ただの海じゃないか」

突然《とつぜん》海に心を奪《うば》われてしまったアラベラに苛立《いらだ》ちを感じたジャックが、そう言った。

「ひとつを見ればすべてがわかる。波、水平線、広い空。見るべきものといえば、現れたり消えたりするあの霧深い島と、おれたちを襲おうとしているかもしれないし、そうではないかもしれない海の生き物の、見えたり隠《かく》れたりする奇妙な尾《お》びれだけで、ほかにはたいして見るものなんてないさ」

ジャックは、無駄《むだ》だろうなと思いながら、アラベラの注意を引こうとして一歩近寄った。しかし、船はまだ逆風を受けていたので、後ろの方に滑っていった。

「すぐに戻ってくるからな、アラベラ。舳先の帆を見てこなくっちゃいけないから」

と、ジャックが言った。

手すりにつかまりながら、ジャックは船首《せんしゅ》へと急いだ。縛られている乗組員たちには目もくれず、その足を上手に飛び越《こ》えていった。それから、船首から突《つ》き出したバウスプリットというポールにまたがり、ひとりごとを言いながら、絡《から》まった気まぐれな帆を解いてやるためにポールの上をじりじりと進んでいった。

塩辛《しおから》い水しぶきで目がヒリヒリと痛み、濡《ぬ》れたバウスプリットがツルツルしているので、ジャックは2回も危《あや》うく落ちそうになった。だが、ついにジャックはうまく仕事をやり遂《と》げ、甲板に戻ってきた。

「今日は何か言う予定はあるかい？　アラベラ」

と、ジャックは聞いた。

あるのは沈黙《ちんもく》だけだ。

ジャックはアラベラの顔の真ん前で両手を必死に振った。

「もしもし！」

と、イライラして、大声で言った。そして、縛られている乗組員たちを指差して言った。

「たとえこいつらがこの任務を完遂《かんすい》したくないとしても、あんたとおれがいるさ、な、お嬢さん。そもそもこれをやろうと決めたあんたとおれがね。※あのさやを見つけたのもあんたとおれ。バーナクル号を手に入れて出航し、トーレンツをやっつけたのもあんたとおれだ。あのいまいましい剣を見つけて、泥棒《どろぼう》や海賊《かいぞく》たち、とくになんといってもあのデイヴィー・ジョーンズの手にその剣《けん》が渡らないようにするのも、あんたとおれさ。そして、その剣の力で何でも自由に望みをか

※ 第1巻『嵐がやってくる！』を参照のこと。

なえられるようになるのもあんたとおれなんだ！」

「そんなこと……」

と、アラベラの声が次第《しだい》に小さくなってこう言った。

「どれもどうでもいいことだわ」

ジャックが答えようとした時、船室から甲板に戻ってきたコンスタンスに気を取られた。ジャックは信じられないという様子で、首を振った。

「『どれもどうでもいい』って、どういう意味だよ」

と、ジャックが聞いた。

「どれも全部、どうでもいいことなんかじゃないぞ。何から何まで大事なことだよ。あんたとおれはパートナーだろ。おれたちが出会った夜に、あんたがそう言ったじゃないか」

コンスタンスは後ろを振り返って、ジャックとアラベラを見ると、不機嫌《ふきげん》そうにミャーオと鳴いた。コンスタンスを見たジャックは目を丸くした。その猫は、二本足で立って、アラベラがおととい——それは、この船の上のすべてがおかしくなる前のこと――ストーブの煙突《えんとつ》の横に置きっぱなしにしたお茶のカップに向かって歩いていった。コンスタンスは前かがみになりながらも、まだ後ろ足で立ってバランスをとり、そのカップを前足で持ち上げようとしている。何度も何度もやってみるのだが、カップの取っ手をつかめず、苛立《いらだ》たしげに鳴いている。

「これまでに奇妙なことをいろいろ見てきたけど、これはその中でも特別だ」

と、ジャックがつぶやき、今度は船の舵《かじ》を取ろうとしていたコンスタンスに向かって歩いていった。そしてコンスタンスを拾い上げると、ジーンの隣《となり》に同じように縛りつけた。乗組員のさまざまな声にコンスタンスの鳴き声が加わり、うめき声による調子っぱずれの交響曲《こうきょうきょく》が苦しげに響《ひび》き渡った。

その間ずっと、海から聞こえてくるメロディーは高くなったり、低くなったりしている。歌のリズムは、波のうねりや、船の縦揺《たてゆ》れとぴったり合っているようだった。

ジャックは帆を見上げ、それから海を見渡した。島を取り巻いていた灰色の霧の合間から、またあの緑色のひれがいくつか見えた。それらのひれが海面の下にもぐった時、ジャックは剣をつかみ、最悪の事態に備えた。またもや、凶暴《きょうぼう》な怪物が襲ってくるかもしれないのだ。しかし同時にジャックは、このひれは単に、大きな魚か何かの体の一部かもしれないと思った。

霧が船を包み込み始めて、ジャックは自分たちが、姿を消したり現したりし続けている暗黒の島に今までにないほど近づいていることに気づいた。ジャックはドタドタと舵のところまで歩いていった。そして、くるっと振り返り、マストに縛りつけられた3人の少年と猫をじっと見た。彼らの滑稽《こっけい》な姿を見て、ジャックは首をかしげた。こいつらを狂《くる》わせたのがあの歌であることは間違《まちが》いない。だが、なぜ自分は何ともないのだろうか。そしてなぜアラベラもおかしくなっていないのか？　それともアラベラも狂ってしまっているのだろうか。

ジャックは振り返って、今も海をじっと見つめているアラベラと向き合った。

「いったい何が気に入らないのかい、悲しそうなお嬢さん」

と、ジャックは言った。

「まあでも、少なくともあんたは、任務の進路を変えようとはしていないからな」

「ジャック、あたし……あたしは母さんに会いたい」

ジャックは驚《おどろ》いてアラベラをじっと見つめた。

「しゃべった！」

ジャックは額《ひたい》に皺《しわ》を寄せた。

「だけど、訳のわからないことをしゃべってる」

「会いたいのよ、ジャック。あたし、母さんのところに行きたい」

アラベラはとうとう海から目をそらし、ジャックの方を向いた。ひどく興奮した目をしている。

「あんたの母さんかい？」

ジャックは片方の眉をつり上げて言った。

「それは、墓参《はかまい》りをするのがいちばんじゃないか、アラベラ。あんたの母さんが死んだってことは、トルトゥーガ島の誰もが知ってることだよ」

「もし、もう一度母さんに会うには死ぬしかないっていうなら、それはそれで仕方ないわ」

アラベラが船の手すりをつかんで、それを乗り越え、こちらを振り向くのを、ジャックはあっけにとられて見ていた。それから、アラベラは何も言わず、船から身を投げた。

第8章

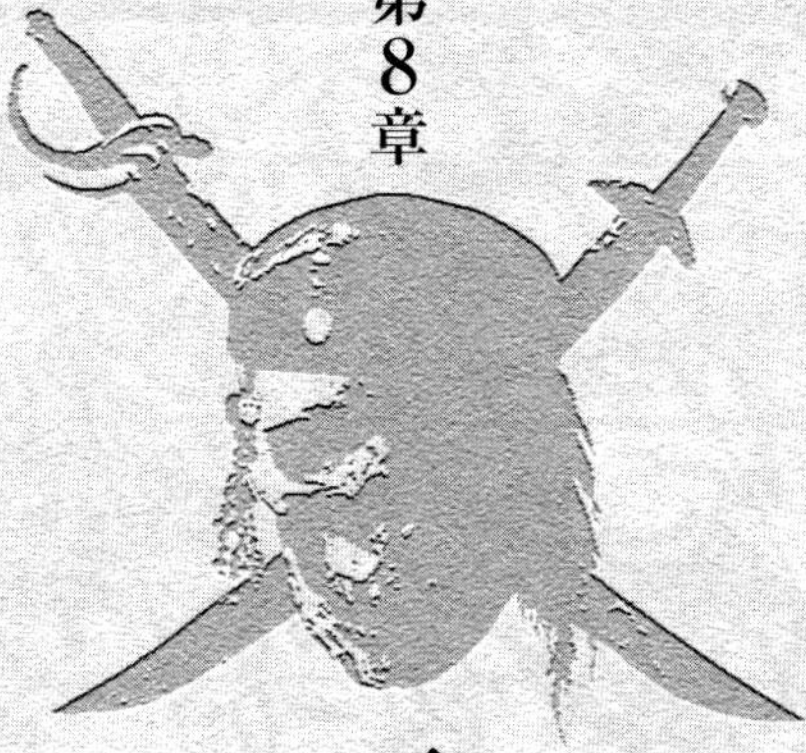

悪者の人魚

「うそだろ。すごいぜ」

ジャックは、アラベラが海に落ちていくのを見ながら、そう叫《さけ》んだ。

ジャックは眼下《がんか》の海面をじっと見つめている。アラベラは水の中に消えていったが、その後すぐにまた浮《う》かび上がってきて、あっぷあっぷしている。アラベラの髪《かみ》は後ろに流れていて、長いスカートが頭のまわりに浮かんでいる。だがドレスの厚い生地《きじ》が海水を吸い込むにつれて、その重みでアラベラが再び沈《しず》み始めた。

するべきことはただひとつ、とジャックは思った。チョッキを脱《ぬ》いで、なくならないように索止《さくど》めの上に投げた。そして船を風上に向けて進まないようにすると、手すりに跳《と》び乗り、逆巻《さかま》く青い海の中に飛び込んだ。

ジャックはドボンと海に潜《もぐ》ったが、すぐに海面に上がってきて、アラベラの姿を探した。濡《ぬ》れたぼさぼさの髪が目に入らないように頭を振り、アラベラの頭のてっぺんがわずかに海面に出ているのを見つけた。

ジャックは、アラベラが助けられるのを拒《こば》まないように願いながら、そこまで泳いでいった。アラベラの後ろに浮き上がると、アラベラの頭をつかみ、水面から顔が出て息ができるように、その頭を上に傾《かたむ》けた。ジャックは、もう一方の手でアラベラの肩《かた》のまわりをしっかりとつかみ、アラベラの体をジャックのほぼ上に持ってきた。そして、仰《あお》向《む》けの姿勢のまま、足を強く蹴《け》り、船に向かってアラベラを引っ張って泳いだ。アラベラは意識がないようだったが、目は開いていて、まばたきをしている。ジャックに抵抗《ていこう》はしなかったが、アラベラはジャックが思ったよりもずっと重く、まるでアラベラが反対方向に引っ張っているような感じがした。アラベラのドレスが水の中で何かを引っかけてきたのだろうか?

その時、ジャックが突然、叫び声をあげた。刺《さ》すような痛みが走って、反射的に片手を水の上に出し、アラベラを放してしまった。立ち泳ぎをしながらその手を見てみた。温かいカリブ海に、血がたらたらと流れ落ちている。ジャックは目を丸くした。歯型がついている。人間の歯のような形だが、それよりはずっと鋭《するど》かった。

アラベラは意識を失って、また沈みつつあった。ジャックはなすすべもなく、アラベラの頭が海面下に沈んでいくのを見ていた。

ジャックは何かをつぶやくと、大きく息を吸い込み、海の中に潜った。波の下まで行ったところで、ジャックは目を開き、焦点《しょうてん》を合わせようとした。水の中では、何もかもがぼんやりとにじんで見えたが、それでもジャックには、アラベラが海底に向かってゆっくりと漂《ただよ》っているのが見えた。ジャックは強く足を蹴って、すぐにアラベラのそばまでやってきた。アラベラの体に片腕《かたうで》を回し、もう一方の手で水をかいて、海面に向かって浮かび上がった。急がなければならない。

その時、ジャックは、下から何かがアラベラを引っ張っていることに気づいた。

目の前を色鮮《いろあざ》やかな魚たちが泳いでいたり、海草が顔にあたってきたりするうえ、自分が蹴った水が激しい水流になっていたため、ジャックには、何がアラベラを海底に引きずりこもうとしているのかを見極《みきわ》めることができない。それに、もうそれほど長い間は息を止めていられないこともわかっていた。

ジャックは足を強く蹴って、アラベラをつかんでいる見えない何かを振り払って、彼女を海面に引っ張り上げようとした。アラベラを二度と放さないように、両方の腕をその体に回した。思い切り腕を伸《の》ばして、合わせた両手をしっかりと強く握《にぎ》ったその時、突然《とつぜん》、驚《おどろ》いたことに、誰《だれ》かと目が合った。

驚くほど美しい顔だ。

海と同じ色をした長く流れるような髪が、この見知らぬ少女のまわりに漂っている。牡蠣《かき》の貝の内側を連想させる、透《す》き通るような白い肌《はだ》を持ち、目は月の光のように輝《かがや》いていた。おそらくジャックは、こんなに美しい女の子を見たことがなかった。かわいい女の子なら、今までに何人も会ったことがあったが。

美しいと思った。

その子が口を大きく開けるまでは。――そして、口から泡《あわ》を出しながら、シーッという声をあげたのだ。

ジャックは驚いて体をのけぞらせ、その瞬間《しゅんかん》、頭が混乱して、アラベラを抱《かか》えていた腕を緩《ゆる》めてしまった。すると、その魚のような少女が、アラベラの肩をつかみ、ジャックの腕の中から引きずり出そうとした。

もうこのときまでに、ジャックには、この見たことのない水中の生き物が悪意を持っていることがわかっていた。この少女のあの鋭い歯は、ジャックの手に残っている歯型とぴったり一致《いっち》する。それに、今はもう驚きから覚《さ》めていたので、ジャックは、この少女が腰《こし》から上だけは人間の姿をしているが、そこから下はきらきら光る鱗《うろこ》がいっぱいついた尾《お》であることに気づいた。

人魚だ！

早くそこから逃《に》げ出さなければならない！　早く水面に上がって空気を吸い、船に戻《もど》って身を守らなければ！　人魚の話はたくさん聞いたことがあった。その多くは、とてもやさしくて純真な人魚の話だ。だがそのほかに、セイレーンと手を結んだ悪い人魚の話もあった。ジャックは、ここにいるのは、きっと悪い方の人魚にちがいないと思った。

ジャックがアラベラをしっかりと胸に抱えて、すばやく体を丸め、鋭く足を蹴り出すと、人魚の顎《あご》にまともにそれが当たった。人魚が後ろによろめいたので、ジャックは、気絶したままの重たいアラベラを抱えて、全力で泳いで水面を目指した。人魚に追いつかれそうかどうかと、ちらりと下を見た時、ジャックの心臓が激しく鳴った。

アラベラを襲《おそ》った人魚が見えたのだが、彼女《かのじょ》はひとりではなかったのだ。そこには何十人もの人魚が集まっていて、全員がまっすぐジャックの方に向かってきている!

ジャックの肺はもう破裂《はれつ》しそうだったが、それをこらえて、水面に向けて思い切り足を蹴った。ジャックには、この人魚たち全員をやっつけることはできないし、アラベラを頼《たよ》りにすることもまったくできないとわかっていた。

ジャックは全速力で泳いだ。肺は苦しく、筋肉もパンパンになったし、アラベラの重みでスピードが出ない。くたくたの腕と脚《あし》の疲《つか》れと闘《たたか》って、ジャックはやっと、アラベラといっしょに水面に出ることができた。水から飛び出るように浮かび上がったジャックは、ハアハアと息をしたり、口からペッと水を吐《は》いたりしている。だが、まだこれで終わりではない。さらに、船まで戻らなければならないのだ。

ジャックのまわりでさざ波が立っている。ジャックには、水面を目指して進む人魚の集団がこの波を起こしているのだとわかっていた。緑色のひれをハタハタと動かして、スピードを上げてジャックを追いかけている。ジャックはここでゆっくりしてはいられなかった。アラベラを引きずって水面に波紋《はもん》を残しながら、必死で水を蹴った。

そしてとうとう船にたどり着くと、アラベラをつかんだ手を決して緩めずに、はしごに登り、そこにぶら下がった。体を安定させ、両足をはしごの段の間に引っかけると、アラベラの体をずらして、片方の肩に載《の》せた。ジャックははしごの横木《よこぎ》をつかみながら、船まで駆《か》け上がった。

ジャックは、アラベラとともに何とかバーナクル号の甲板に登りついた。アラベラを寝《ね》かせ、大きくあえぐと、自分も倒《たお》れ込んだ。息を整えているジャックの胸が大きく上下している。肺が空気でいっぱいになるとすぐに、ジャックは起き上がってアラベラのそばにひざまずいた。アラベラは顔色が真っ青で、体は膨《ふく》れ、ずぶ濡れだ。そして、ジャックが最も心配なのは、動かないし、息もしていないことだった。ジャックはアラベラの口を開け、自分とアラベラの唇《くちびる》をぴったたりと合わせると、息を吹き返してくれるよう願いながら、自分の息を吹き込んだ。アラベラの目を覚まさせようと必死だ。

たとえあれだけ水の中にいても、アラベラは溺《おぼ》れ死ぬはずはない。絶対に死ぬはずはない！

その時、アラベラが咳《せき》こみ、水を吐いた。ジャックはアラベラを起き上がらせ、飲み込んだ海水を全部吐き出せるように、背中を叩《たた》いてあげた。

アラベラは、自分がどこにいるのかがわかった瞬間、立ち上がって、また手すりのところに走っていった。

「おい、やめろ！」

と、ジャックがアラベラを追いかけながら叫んだ。アラベラがまた船から飛び込もうとしたまさにその時、ジャックが後ろからアラベラの腰をつかんだ。

「命がけであんたを助けたんだぞ。もう一回やるのはいやだからな」

「母さんのところに行かなくちゃ！」

とアラベラが泣き叫んだ。

「放してよ、早く！」

「海の底には、鱗のある尾を持った人魚がいるだけで、あんたの母さんはいなかったよ」

ジャックはアラベラをメインマストまで引きずってきて、そう言った。

「時間の無駄《むだ》になるだけだぞ。それに、おれだって、またあんたを助けるためにずぶ濡れにならなくちゃならないじゃないか」

ジャックは、ほかの乗組員といっしょにアラベラもマストに縛《しば》りつけた。

「なぜ人間が船を造ったかというと」

と、ジャックは文句を言った。

「そうすれば、あちこちに行く時に濡れなくてすむからなんだ」

ジャックはシャツの裾《すそ》を持つと、それをねじって、水を絞《しぼ》り出した。ジャックのまわりには水溜《みずたま》りができている。

「もしおれがこのブーツをだめにしたら」

と、ジャックはアラベラに警告した。

「誰かが、――誰のことか、あんたもおれもよくわかってるはずだが――その誰かが新しいのを一足作ってくれるだろうな」

ジャックは大股《おおまた》でつかつかと歩き、通った後に濡れた足跡と海草を残しながら、舵のところに戻っていった。

第9章

〝鱗の尾びれ〟への挑戦状

ジャックは操舵輪《そうだりん》を強く叩《たた》いた。それからマストまで歩いていき、頭がおかしくなってしまった乗組員《のりくみいん》たちのまわりを回った。

「というわけで」

と、ジャックは彼《かれ》らの前を行ったり来たりしながら話し始めた。

「このようにおまえたちが、奇怪《きっかい》で奇妙《きみょう》な、とうてい受け入れられない行動をとるようになったのは、セイレーンか、まあそれに近い何かの仕業《しわざ》だということが、ついさっきおれにははっきりわかった。だからもちろん、おまえたちの責任は、全部とは言わないまでも、ある程度までは免除《めんじょ》される。だが、そうだとしても、おれのもっと目先に迫《せま》った問題の解決にはならないんだ。つまり、どうやってこの苦難《くなん》に打ち勝ち、おまえたちを全員、正気《しょうき》に戻《もど》すかという問題さ」

ジャックは、怒《おこ》ったように足を組んで座《すわ》っているコンスタンスをじっと見つめた。

「正気に戻せなければ、どうやってできるだけ正気に近くするか、だな」

「それに、セイレーンの仕業だとわかっても、じゃあ、そのセイレーンの歌にわずかでも気づいているのがなぜおれだけなのかという疑問は解決しないし、なぜおれだけはセイレーンに惑《まど》わされなかったのかということも説明がつかない」

ジャックは立ち止まり、しばらく考えた。

「海の怪物《かいぶつ》のことは説明がつくな」

ここでまた立ち止まり、神経を集中させている。

「現れたり消えたりする島の説明はつかない」

「聞こえるにしても聞こえないにしても、あの歌の存在は説明がつく」

ジャックは考え込んだ様子で顎《あご》をなでた。

「それでだ！　ほら、解決できたことよりも解決できないことの方が多いんだよ」

縛《しば》られている乗組員たちは、だらんとして、口をぽかんと開けたまま、無表情でジャックを見つめている。

「誰《だれ》もおれの話を聞いてないから、マストに向かって話してるってだけだな」

と、ジャックが言った。

「とにかく」

と、ジャックは続けた。

「このセイレーンのことだが……、どうして今まで気づかなかったんだろう。誰でもセイレーンの物語や伝説は聞いたことがあるのに。船乗りなら誰もが、セイレーンの歌声に呼ばれて海の墓場《はかば》に連れていかれることを恐《おそ》れているんだから」

ジャックは船の横から身を乗り出し、両手でお椀《わん》の形を作った
「たぶん、おれはセイレーンの歌ってのはもっときれいな音程だろうと思ってたんだな」

と、ひとりごとを言った。

ちょうどその時、その歌が再び船にまとわりついてきた。乗組員たちは元気づいた。

「国王とダルトン家の名前に栄光あれ！」

と、フィッツウィリアムが叫んだ。

「ぼくはすぐに任務《にんむ》の報告をしなければ！　どうしてきみはぼくを拘束《こうそく》しているんだ？」

「いいかい、フィッツィー」

と、ジャックは、精神の錯乱《さくらん》したこの青年のそばにひざまずいて言った。

「任務なんてないんだよ。国王もいない。それに今日以降、ダルトン家も存在するかどうかさえも怪《あや》しいね。あんたが言ってることは全部、まるっきりナンセンスだよ」

ジャックは、「おまえは船長じゃない」と言って断固《だんこ》譲《ゆず》らなかったフィッツウィリアムと形勢《けいせい》が逆転したことを楽しんでいた。

ジャックは立ち上がった。その時、めまいがして頭がふらつき、一瞬《いっしゅん》、よろめいた。ジャックは、フィッツウィリアムの頭上でマストをつかみ、体を支えた。

「海に潜《もぐ》ったから、まだ体がすっかり元には戻っていないんだな」

と、つぶやいた。

「母さん！」

と、アラベラが泣き声で懇願《こんがん》している。

「母さんに会わなくちゃいけないのよ！　絶対に！」

「アラベラ」

と、ジャックが静かに言った。

「そんなお願いをするのはあまりいい考えだとは思えないけど」

「ティア・ダルマ！」

と、ジーンがうめき声をあげた。

「あいつに会わなくちゃならないんだ！」

「あんたの友達のトゥーメンがそれには反対するだろうよ」

と、ジャックが言った。トゥーメンが怒《おこ》った様子で、声を出さずにうなずいている。

「それに、こんなに仲の良いふたりの間に亀裂《きれつ》が生じてはいけないからね。きみたちの友情のために、ふたりの言うことは両方とも聞かないことにするよ。われわれは、最初に決めた針路を進み続ける」

コンスタンスは、長く悲しい鳴き声を出すのも、シーッという声をあげるのもやめていた。ただじっと座って、自分を縛っているロープを見つめ、ジャックを反抗的《はんこうてき》に見上げている。コンスタンスのしっぽがぴくぴくと動いていることから、ジャックは、きっと後でコンスタンスを縛った報《むく》いを受けるだろうなと思った。

「それから、おまえ」

と、ジャックはその猫《ねこ》に話しかけたが、猫は歯をむいた。

「ああ、何でもないよ」

ジャックは突然《とつぜん》、両耳のまわりで手をすばやくパタパタと動かし始めた。まるで、あの歌を耳から追い払《はら》おうとしているかのようだ。ジャックは、濡《ぬ》れたバンダナを、耳が隠《かく》れるくらいまで下ろしてから、きつく縛った。少しでもあの音を消す役割をしてくれればいいなと思ったのだ。

だがだめだった。

ジャックはイライラして、うめき声を上げ、歯ぎしりをした。船はかつてないほどにあの島に近づいている。もしも、セイレーンか人魚かわからないが、とにかくヤツらが、自分たちをこの島に導《みちび》こうとしているのなら、何としてもこの島には近寄らないようにしなければならない。ジャックは、そう考え始めていた。

ジャックは、今度はちゃんと舵《かじ》がききますようにと願いながら、操舵輪を回してみた。驚いたことに、ありがたくも、方向舵《ほうこうだ》はジャックの舵取りの通りに動いた。

「よーし、鱗《うろこ》の尾《お》びれめ」

と、ジャックは海に向かって叫んだ。

「さっきは手厚いおもてなしをどうもありがとよ。おれたちに、おまえらの奇妙な消える島のまわりをさまよってほしいのは結構なことだが、残念ながら、もう時間がないので、行かなくちゃならないんだ。わかったかい？」

ジャックは航海具《こうかいぐ》をじっと見ている。羅針盤《らしんばん》は動いているようだったが、バーナクル号をどっちに導けばよいのか、まったくわからなかった。この船は、最初に海の怪物に出くわした時からこれまで、あっちこっち、じつにさまざまな方向に引っ張られてきたので、今どこにいるのか、ジャックにはまったくわからなかった。さらに、マストに縛り付けられている乗組員たちの助けを借りて帆《ほ》を動かし、風をとらえることも今はできない。夜空に星さえ出れば、トゥーメンが舵取りを手伝えるようになるだろうけど……と、ジャックは思った。そして、ジャックはトゥーメンをちらりと見た。トゥーメンは体じゅうによだれを垂《た》らして、どもりながら「うちへ帰して！　うちへ！」と叫んでいる。

「あれじゃあ、役には立たないな」

とジャックが言った。

「いや、だがもっとじっくりと考えてみると、実はそれほど難しいはずはないか。とにかく、ここから抜《ぬ》け出せればいいんだから。海の怪物や、鱗の尾びれから遠く離れられれば、どこへたどり着いてもかまわないわけだ」

ジャックが、その島から離れるように船を操縦《そうじゅう》する方法を見つけ出そうとしていると、あの歌がさらに大きくなって、ジャックの頭いっぱいに入り込んできた。船の針路も進行計画も、ほとんど考えられなくなった。どんな考えが浮《う》かんでも、むせび泣くようなあの歌と乗組員たちの叫び声が、それを締《し》め出してしまうのだ。

「わかった、もういい！」

と、ジャックは舵から離《はな》れて、つかつかと歩いていった。

「おまえたちにはもううんざりだ！」

と、ジャックは叫んだ。乗組員たちの方を向き、歯をむいて続けた。

「おまえたち全員にうんざりしたってことだぞ」

取るべき道はひとつだけだった。ジャックは、自分を苦しめ、乗組員たちから心を奪《うば》っているあの生き物たちに立ち向かうしかない。何とかして、あの歌をやめさせなければならないのだ。船と乗組員たちを支配している力を断《た》つには、そうするしかない。もしも「鱗の尾びれ」たちが恐れをなしてジャックに向かってこなかったならば、喜んでこっちからあっちの縄張《なわば》りに出かけてやるつもりだった。

ジャックは大股《おおまた》で歩いて船首《せんしゅ》まで行き、片足をバウスプリットに載《の》せた。

「いいか。鱗の尾びれたち」

と、海に向かって怒鳴《どな》るように叫んだ。

「おまえたちが誰だかわかってるぞ。おまえたちが仕掛《しか》けている勝負のこともな。おれは、乗組員のためにいつでも戦うぞ！　だから、出て来い！　そしてこのジャック・スパロウ船長と勝負しろ！」

突然、静寂《せいじゃく》が訪れた。

その後、ジャックは、静かな波がバーナクル号の船体に当たる音を耳にした。そしてとうとう、華奢《きゃしゃ》な青白い手が海の中から飛び出てきた。その手は、指を1本立てて、ジャックを海の中へと手招きしているのだった。

第10章

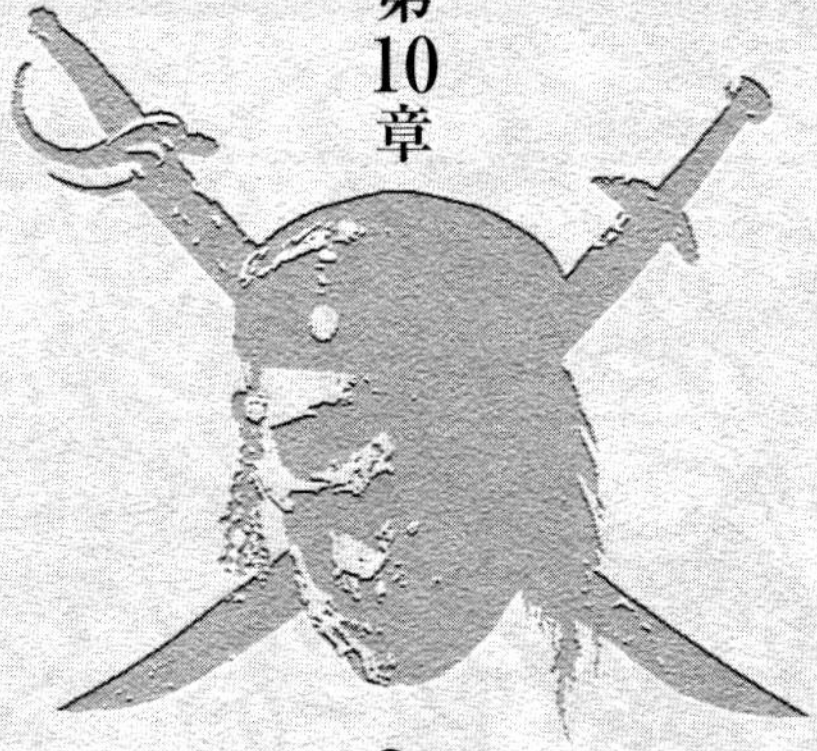

セイレーンとの取引

ジャックは迷わず海に飛び込《こ》んだ。強い流れがジャックに押《お》し寄せ、下に吸い込まれていくように感じる。ジャックは目を大きく開けていたが、水しぶきが顔にかかってひどくヒリヒリするので、目を細めなくてはならない。まわりじゅうに激しい潮の流れを感じたジャックは、やがて、自分が渦潮《うずしお》のようなものの中にいるのだとわかった。そして、ぐるぐる回りながら海の底深く引きずり込まれていった。前よりももっと深いところに。ジャックは自分が海に沈《しず》んでいくのを感じていた。今ではほとんど開けていられない両目のすき間から見えていたわずかな光が次第《しだい》に弱くなっていく。ジャックが髪《かみ》の毛を揺《ゆ》らめかせながら沈んでいくと、水中の世界は渦を巻いて激しく揺れていた。

もう肺がはち切れそうだと思ったちょうどその時、ジャックは海底の巨大な洞《どう》窟《くつ》の中に投げ出された。地面に落ちた時、ジャックは

「いたっ！」

と声をあげた。そして、貝で覆《おお》われた砂の上に横たわり、ハッと息を呑《の》んだ。

「おいおい」

と、ジャックはつぶやいた。

「ここには空気があるぞ。それに明るい」

このような奇妙《きみょう》な事実に遭遇《そうぐう》して、ジャックは、自分が本当に海底まで沈んできたのか、それとも異次元の世界に運ばれてきたのか、よくわからずにいた。

ジャックはゆっくりと体を起こして、まわりを見回した。

この巨大な洞窟の壁《かべ》は、青緑色の水の色を反射して、きらきらと光っている。小さなさざ波がやってくるたびに、天井《てんじょう》で光がきらめく。透《す》き通った貝や風変わりな魚がいっぱい住む小さな淵《ふち》が、砂浜《すなはま》のあちこちにあった。その暗くてじめじめした洞窟のような空間のあちこちに、黒サンゴで橋や玉座《ぎょくざ》の形ができている。洞窟にはドロドロとした粘液《ねんえき》がにじみ出ていて、したたるほどだ。

洞窟の真ん中では、つるつるとした大きな岩の上に、鮮《あざ》やかな青色の尾《お》を持った3人の人魚が横たわっている。3人は目線をそらさず、その黒い瞳《ひとみ》で真剣《しんけん》に、じっとジャックを見つめている。この3人のまわりの浅い水辺には、緑色の尾をした何百人もの人魚がいた。この人魚たちもジャックを食い入るように見つめている。洞窟の遠くの隅《すみ》には、12〜13人の赤い尾の人魚たちが追いやられていた。

ジャックにはこの人魚たちがどこを見ているのかがわからなかったが、たぶん彼《かの》女《じょ》たちも自分のことをじっと見ているだろうと考えるのが無難《ぶなん》だと思った。

ジャックも見つめ返した。こんな光景は目にしたことがない。

「こんなに多くの美しい人魚たち」

ジャックは微笑《ほほえ》んだ。

「伝説や物語に出てくる生き物がおれの目の前にいる！　何てわくわくする冒険だろう！」

とつぶやいた。それから背筋《せすじ》を伸《の》ばすと、急いで、この人魚たちは敵なんだと自分に言い聞かせた。

「ようこそ」

と、３人の青い尾の人魚が声を揃《そろ》えて言った。

「すばらしいハーモニーだ」

と、ジャックがコメントした。

「またあのコーラスを始めないでほしいね。あの歌には、もうこれっぽっちも耐《た》えられないからさ。きみたち、いいところに住んでるじゃないか」

と、ジャックはその洞窟に感心して言った。

「正確に言うと、ここはいったいどこなんだい？」

「ここにあるけれどもここにはない島の下よ」

と、３人の人魚が答えた。

「え？　もう一度言ってくれる？」

とジャックが聞いた。

「デイヴィー・ジョーンズの戸棚《とだな》の中だけど、でも海の上に姿を現すこともある場所なの。あなたはこの島を見て、探検したいと思ったのよね。勇気のある人だわ」

と、青い尾の人魚たちが声を揃えて言った。

「これまでにサイリーナ島を探検したいと思った人はそれほど多くはいなかったわ。そして、今もこの隠《かく》れ家《が》に招かれて私たちに会う人は、少なくなってる。あなたは私たちの好奇心をそそったの」

「あんたたちも興味深いけど」

とジャックは言いながら、この青い尾の人魚がリーダーなのだろうかと考えていた。緑の尾の人魚たちは、この3人の軍隊にちがいない。魚の尾を持ったやさしそうな少女たちの集まりを軍隊と呼んでよいかどうかは別として。軍隊だと考えるのは変かもしれないが、ジャックは伝説から、この人魚たちがどれほど危険な生き物になり得るかを知っていた。ジャックの乗組員たちも彼女たちの力に屈《くっ》してしまったのだ。赤い尾の人魚たちは何なんだろう、とジャックは思った。家《け》来《らい》だろうか？

洞窟を見回した時、ジャックは、視界の隅のほうで何か動くものがあるのに気づいた。チラチラとする光のようなものだった。ジャックは振《ふ》り返って、再び青い尾のセイレーンたちと向き合うと、ぎくっとした。確かに、この3人はたった今、姿を変えた。一瞬《いっしゅん》、ジャックは、彼女たちの腕《うで》が触手《しょくしゅ》のようになっていて、その先端《せんたん》には気味の悪いカギ爪《づめ》がついているのを確かに見たし、キラキラ光る鱗《うろこ》がフジツボとおできに覆われているのも見た。だが、ジャックが人魚たちを見た時には、再び完璧《かんぺき》に美しい姿になっていた。

そして今度は、ジャックの周辺視野《しや》のすぐ外側で、緑色の尾の人魚たちすべてに同じことが起こっているのを、ジャックは感じ取っていた。

慌《あわ》てるな、とジャックは自分に言い聞かせた。冷静さを失ってはいけない。

「名前は何ていうの？」

と、3人の青い尾の人魚が震《ふる》え声で歌いながら聞いてきた。

「ジャック・スパロウだ。いや、実は、今ではジャック・スパロウ船長だ。船を手に入れたから。バーナクル号っていうんだ。本当に小さい船で、そんなには
……」

「静かにして！」

と、3人の人魚が揃った声を鳴り響《ひび》かせた。

「さあ」

と言って、ジャックが咳払《せきばら》いをした。

「これでおれが誰《だれ》だかわかったわけだ。今度はあんたたちの番だが、おれが思うに、伝説のセイレーンではないかな？　船乗りを呼び寄せ、死に追いやるとかいうセイレーンだ」

　と、ジャックが言った。

「いいえ、ジャック・スパロウ。私たちはセイレーンではないわ。私たちは人魚よ。私たちは自分たちで作ったメロディーを歌い、セイレーンの命令に従うの。私たちはセイレーンの手先。昨日あなたが倒《たお》したあの海の怪物《かいぶつ》と同じようにね。ほかにも、あなたたちが幸運にも出遭《であ》わなかった者がいるのよ――えら男や、海の勇士とか。私たちは皆《みんな》、セイレーンに仕えるのと引き換《か》えに、セイレーンに守ってもらっているの」

「それであんたたちの仕事はいったい何なんだい？」

　と、ジャックは身を乗り出して聞いた。

　3つの青い尾が同時にぱたりと動いた。

「私たちの歌を聞くと心が破られ、もっとその歌を聞きたいと請《こ》い求めるようになるの。歌は、その人の抱《いだ》いている最大の望みを使って、その人をいじめ、ついには狂《くる》わせてしまうのよ。そして最後には、その望みがすさまじい勢いで燃え盛《さか》り、その人は自分に駆《か》り立てられて、まっすぐ私たちのところにやってくるの。そうしたら、その人を、私たちが仕える人たちのところに届けるのが私たちの仕事よ」

「セイレーンのところにか」

と、ジャックが言った。

「そう」

と、青い尾の人魚が答えた。

ジャックはこれについて考えていた。

「それで、フィッツィーが陸軍に入りたがっている理由が説明できるし、トゥーメンが家に帰りたがっていることと、アラベラが船から身を投げたこと、ジーンがあの汚《きたな》らしい猫《ねこ》を人間の姿に戻したがっていることも説明がつくな——」

「——最後のは、猫の望みでもあるしね」

と、人魚たちがジャックの言葉を締《し》めくくった。

「それで、不気味なほど人間らしいしぐさをするのよ」

「だけど、おれのことはどうなんだ？　どうしておれは心を破られなかったんだい？」

と、ジャックがいかにも満足げに微笑んだ。

「きみたちがおれのことを好きだからかな？」

ジャックはそう言って、シャツの襟《えり》を引っ張りながら、微笑んだ。

「きみたちを責めるつもりはないんだよ、お嬢《じょう》さんたち」

と、ジャックは無関心を装いつつも、得意そうに汚《よご》れた手の爪を見ながら、話を続けた。それからジャックは、この人魚たちは友達ではないということを自分に言い聞かせた。

「でもあなたも心を惑《まど》わされたのよ、ジャック・スパロウ。あなたがいちばん望んでいるものを思い出してごらんなさい。あなたは、あなたがいちばん望んでいることに従っていたのよ」

と、人魚たちは答えた。

ジャックには、自分のいちばんの望みが何かはっきりとわかっていなかったので、困惑《こんわく》して首を横に振った。

「あなたのいちばんの望み……」

と、洞窟にいる人魚全員がささやくように歌った。

「望み」

何百人もの人魚たちの声が何度も何度もこだました。

「望み」

ジャックは唇《くちびる》を噛《か》んだ。このことをしばらくの間、考えなければならない。

「ええと、何も影響《えいきょう》は受けてないみたいだよ」

と、ジャックは人魚たちに言った。

「あんたたちの音楽による妨害《ぼうがい》を受けてる時も、受けていない時も、おれは同じようにふるまってきた」

ジャックはそう言って、その淵《ふち》のほとりに一歩近づいた。

「だが、今は強く求める。おれの乗組員たちとおれの船をあんたたちの呪《のろ》い……か何かから、解き放ってくれ」

コンスタンスがまさに飛びかかろうとする瞬間《しゅんかん》に、しっぽをぱたりと動かすのだが、ジャックは、リーダーの人魚の青い尾が、それと同じように動くのに気づいた。ジャックは攻撃《こうげき》に備えて気持ちを引き締め、剣《けん》を握《にぎ》った。この剣は、今もまだ、殺された海の怪物《かいぶつ》の臭《にお》いがプンプンしている。

「取引《とりひき》する気は十分にあるわ」

と、青い尾の3人が歌った。

「取引……取引……取引……」

と、ほかの人魚たちが調子を合わせて歌った。

「そのコーラスがなくても、取引はできるから。頼《たの》むよ」

と、ジャックが言った。

「気を悪くしないでもらいたいんだけど」

「少しも気にはしないわ」

と、人魚たちが答えた。

ジャックは、緑の尾の人魚たち全員に話しかけようと、そちらを向いた。そしてまた、ぎょっとした。ジャックの周辺で、奇妙な変身が起こっていたのだ。カギ爪が音を立てた。それから、かわいくて柔《やわ》らかいはずの顔には、鱗がぎっしりと並び、牙《きば》が生えている。触手がジャックに向かって伸びてきたり、引っ込んだりしている。ジャックは、体を神経質にブルッと震わせると、再び青い尾の人魚と向かい合った。

「あんたたちが話していたところだよ」

と、ジャックは声を少し震わせながら言った。

「ひとつだけ条件つきで、あなたもあなたの乗組員たちも、自由にしてあげる。これからあなたが手に入れるもののうち、いちばん大事な宝物を私たちに差し出しなさい」

ジャックはたじろいだ。ジャックはすでに、コルテスの剣をいちばんの宝物と考えていた。この契約《けいやく》を結んだら、自由になってコルテスの剣を探せるが、セイレーンの手に渡《わた》すためだけにその剣を探すことになる。そんなことは、考えられなかった。

「残念ながら、ご期待に沿《そ》いかねます」

と、ジャックは3人の人魚たちに言った。

「コルテスの剣を見つけるために、あらゆる困難をくぐり抜け、乗組員の命——おれの命じゃなくて——を危険にさらし、厳しい苦難に耐《た》え、得体《えたい》の知れない障害に立ち向かうのに、それがすべて剣をあんたたちに渡すためっていうんじゃ、こっちは何も得しないぜ」

ジャックは首を横に振った。

「もう少し交渉《こうしょう》する必要があるんじゃないか。コルテスの剣は、手放すような宝物じゃないんだ」

洞窟じゅうの人魚たちが笑い、そのおかしそうな震える声が歌になっている。その音が洞窟の中にあまりにも大きくこだましたので、ジャックは、耳を覆いたくなるのをじっと我慢《がまん》しなければならなかった。

「宝物といえば金銀ばかりとは限らないのよ、ジャック・スパロウ」

と、青い尾の人魚たちが言った。

ジャックは、どうしてこの超自然的《ちょうしぜんてき》なヤツらは決まって謎《なぞ》めいたことを言うのだろうと思った。自分のいちばんの「望み」が何なのかもほとんど見当がつかなかったし、今度は、生涯《しょうがい》でいちばんの宝物になるものを考えるという難題《なんだい》を突《つ》きつけられている。しかも、自分と乗組員たちが航海を続けるためには、その宝物を手放すことを前提《ぜんてい》に、いちばんの宝物を探さなくてはならない……そして、それを手に入れたなら人魚たちに渡さなければならないのだ。なんてややこしいんだろう。

「じゃあ」

と、ジャックが言った。

「もしもあんたたちが探しているのが金銀ではないのだとしたら、それほど大事なものじゃないはずだから、そっちの条件に応じよう」

サイリーナ島の下に住む人魚たちがいっせいにシーッという声をあげた。

「これで取引成立ね」

と、青い尾の人魚が歌った。

「よし、よかった。じゃあ、おれはもう行くから」

と、ジャックが言った。

「誰か帰り道を教えてくれないか？」

と、特別かわいい赤い尾の人魚にウィンクをしながらジャックが言うと、人魚は微笑み返した。

「あなたを帰す前に、担保《たんぽ》を要求します」

と、青い尾の人魚が切り返してきた。

「残念ながら、鱗の尾びれさん、おれが持ってるのは、この古い剣と、ブーツと、石目《いしめ》のサムの目玉だけだよ」

洞窟じゅうがハッと息を飲んだ。

「その石目をもらうわ」

ジャックは肩をすくめた。あの冒険《ぼうけん》の記念にこの石を持ってきたのだが、思い

出以上の価値はない。そして、ジャック・スパロウは決して感傷的な人間ではなかった。ジャックは、かつて石目のサムの骸骨《がいこつ》に入っていたその石を取り出し、青い尾の人魚のひとりに手渡した。人魚たちは喜んで、にっこりとした。

「大変よろしい。あなたが、いちばんの宝物を届けにここに戻ってくるまで、この石を預かっておきましょう」

ジャックは肩をすくめて、

「ああ、いいよ」

と答えた。この人魚たちは、自分たちが思ってるほど賢《かしこ》くはないな、とジャックは思った。

人魚たちは、まるでジャックの心の中を見透《みす》かしたように、にやっと笑いかけてきた。突然、ジャックの背筋をゾクゾクッとするものが走った。人魚たちのそっくり同じ微笑みを見たジャックは、落ち着かない気分になった。いやな予感を振り払った。

「ジャック・スパロウ」

と、青い尾の人魚たちが言い、それから一瞬沈黙《ちんもく》した……。

ジャックは人魚たちをじっと見つめて、次の言葉を待っている。

「どこへでも自由に行っていいわよ」

と、笑いながら言った。

「自由、自由、自由」

と、残りの人魚たちが繰《く》り返し、その言葉が洞窟じゅうにこだました。

ジャックは、頭に熱い血が上るのを感じた。

自由。

自由こそがジャックのいちばんの宝物だった。だからこそ、人魚の歌にも心を奪《うば》われなかったのだ。そして、たった今ジャックが手放したものも、自由だったのである。

緑の尾の人魚の頭がひとつ、水の中から浮かび上がった時、あの邪悪《じゃあく》なパリッという音が洞窟じゅうに響き渡った。間近《まぢか》で見ると、その人魚の顔に鱗があるのがはっきりわかる。人魚は手を差し出し、ジャックをこの隠れ家に呼び込んだ渦潮のところまで案内していった。その緑の尾の人魚は、嘲《あざけ》るような投げキスを送ると、ジャックを渦潮の中へと導いた。すると、ジャックは見る間に海面まで吸い上げられていった。ジャックは水からパッと頭を出し、すぐにバーナクル号を見つけた。

ジャックは、サイリーナ島をもうひと目だけ見ようと振り返ったが、もう島は消えていた。ジャックは突如《とつじょ》として、深い後悔《こうかい》の念に襲《おそ》われた。次にこの島を目にする時は、自分はそこに捕《と》らわれ、おそらく二度と出てこられないだろうということがジャックにはわかっていた。懸命《けんめい》に涙《なみだ》をこらえ、重い足を引きずってバーナクル号に戻った。

第11章

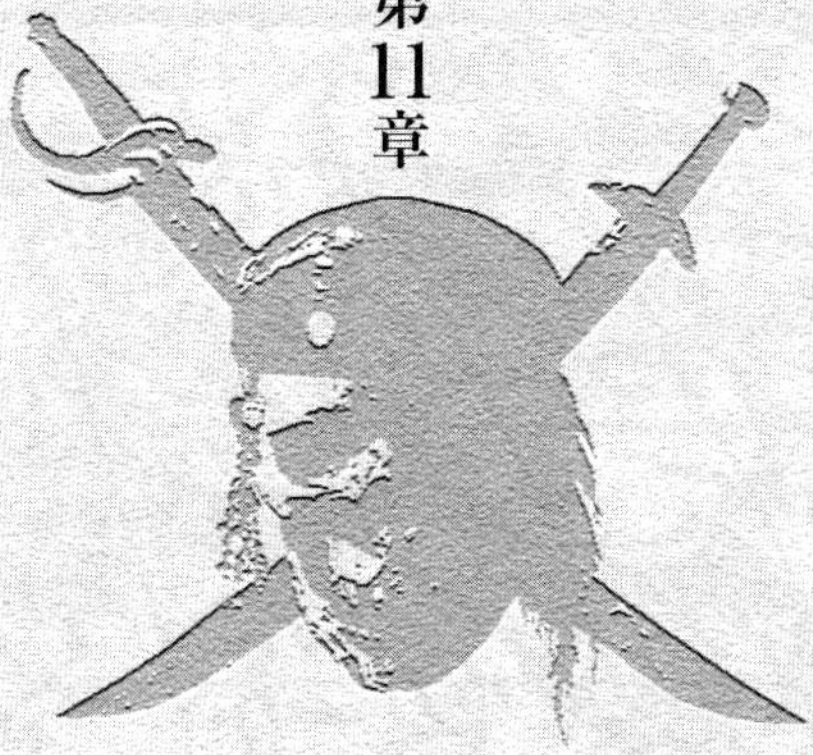

コルテスの羅針盤

ジャックが船に戻ってみると、期待通り、すべてが正常に戻《もど》っていた。

「助けて！」

とアラベラが叫《さけ》んだ。

「ジャック、どこにいるの？」

「縄《なわ》をほどいてくれ！」

とフィッツウィリアムが怒鳴《どな》っている。

「ジャック、助けてくれ！　誰《だれ》かがぼくたちを気絶させて縛《しば》り上げたんだ」

と、ジーンが大声で言った。

コンスタンスはミャォと鳴いたり、シーッと声をあげたりしている。トゥーメンは黙《だま》ってもがいていた。

ジャックが乗組員《のりくみいん》たちの視界に姿を現し、縄をほどき始めた。

「ジャック！」

と、アラベラが叫んだ。

「生きてたのね！」

「いったいここで何が起きたんだ？」

と、フィッツウィリアムが聞いた。

「ああ、いつものような騒《さわ》ぎがあっただけさ」

と、ジャックが言った。

「心配することは何もない。もうすべて終わったからな。ジャック船長がすべてきっちり片《かた》をつけたよ。さあ、今から皆《みんな》でこの船を元の針路に戻さなければ」

「どうしてぼくたちはマストに縛りつけられてたんだい？　誰がやったんだよ」

フィッツウィリアムは知りたがった。

「あんたたちの安全のためさ」

とジャックは答え、それ以上は何も説明しないで、乗組員たちを縛っていたロープの絡《から》まりを急いでほどいている。

「さあ、どこにいるのかをつかまなくっちゃ。大きく針路を外れているはずだけど」

「トゥーメンとぼくが海図《かいず》と目に入るものをチェックするよ」

と、ジーンが言った。トゥーメンはうなずき、ふたりはいっしょに舵《かじ》のところへ行き、道具を調べ始めた。

ジャックはコンスタンスを見下ろした。猫《ねこ》のほうはジャックを見上げている。

「こいつは縛ったままにしておきたくなるな」

と、ジャックが言った。

「だめだよ、やめて！」

と、ジーンが言った。

「コンスタンスは、ほかの皆と同じようにこの船の乗組員なんだから」

「わかったよ」

ジャックは折れた。ひざまずいて、猫のまわりのロープを緩《ゆる》めた。するとコンスタンスは急いで船首《せんしゅ》に向かって走っていき、海を見張り始めた。

「あんたもあたしも濡《ぬ》れてるんだけど」

アラベラが、まだ湿《しめ》っている自分のドレスをじっと見下ろしながら、ジャックに言った。

「どうしてなの？」

「おれは、水の中にちょっと用事があったんでね」

と、ジャックが答えた。

「じゃあ、あたしは？」

と、アラベラが聞いた。

「あんたはさ、何かを探していて、あんたはそれが海の中にあるかもしれないと思ったんだよ。おれは違《ちが》うって言ったんだけどね」

「ふうん」

「針路がなかなか見つからないんだ」

と、ジーンが舵のところから呼んだ。

「ああ、無理もないな」

と、ジャックがつぶやいた。

「きみだろ！」

と、フィッツウィリアムがジャックを責めるように指差した。

「きみが船を針路からはずしたんだ。きみがぼくたちをマストに縛りつけたんだし、きみのせいでぼくたちは死にかけたんだ。最初は悪名高い海賊《かいぞく》に、次は怒《いか》り狂《くる》う海の怪物《かいぶつ》に殺されそうになったじゃないか」

「人魚もね」

と、ジャックが言った。

「人魚って何のことだい？」

と、フィッツウィリアムがたずねた。

「何でもないよ」

と、ジャックが言った。

「さあ、言いたいことの続きをどうぞ。早く頼《たの》むよ」

「ぼくが言いたいのは」

と、フィッツウィリアムが話し始めた。

「この任務《にんむ》はまやかしだってことだ。きみは……」

「……船長なんかじゃない……って言うんだろ。わかってるよ」

と、ジャックが代わりにその先を言った。

フィッツウィリアムは甲板《かんぱん》の上で、乗組員のいちばん大切な宝物が入っている宝箱を開けた。コルテスの剣《けん》が入っていたさやもそこに入っている。フィッツウィリアムはジャックの目の前でそのさやを振《ふ》って言った。

「きっと、このさやはほかのさやとちっとも変わらないんだ！」

フィッツウィリアムは、怒《おこ》ってそのさやを甲板にほうり投げた。乗組員たちは、そのさやがくるくる回転するのを見て驚《おどろ》いている。回転の勢いは弱まらずにどんどん速くなった。そして、少し揺《ゆ》れたと思ったら、ある方向を指してぴたっと止まった。ジャックとフィッツウィリアムは顔を見合わせた。

「よし……」

とジャックが言って、自分の方位磁石《ほういじしゃく》を取り出した。この方位磁石も、船上のほかのものすべてと同じように、また正常に動くようになっている。

「うーん、さやが指しているのは北じゃない……」

「……だけど、常に一定の方向を指しているわ……」

と、アラベラが言った。アラベラがさやを動かそうとするたびに、バネのようにすばやく最初の位置に戻《もど》ったのだ。

「……もしかしたら、それって……」

と、フィッツウィリアムが言った。

「……さやが羅針盤《らしんばん》の働きをしている……」

と、トゥーメンが付け加えた。

「……そして、それが指しているものは、あれだとしか考えられない……」

と、ジーンが言った。

「コルテスの剣！」

ジャックが勝ち誇《ほこ》ったように叫んだ。

「さあ、その方向に針路を定めよ！　あり余る財宝と力を手に入れる日は近いぞ……」

ここでジャックは言葉を切り、少しの間考えていた。それから、にっこりと微《ほほ》笑《え》んで続けた。

「……そして自由も」

船長の航海日誌

おれは今や、セイレーンの人魚たちと知恵比べ《ちえくら》をし、そのときの話を語れる数少ない人間のひとりとなった。みんなのところに帰る際に、おれの自由を放棄《ほうき》してしまったことが、少し気がかりだ。それほどでもないけれど。おれは何といってもジャック・スパロウ船長なのだから、ジャック・スパロウ船長はどんな失敗も克服《こくふく》する方法を見つけられるのである。

というわけで、現在、われわれは元の針路に戻《もど》っている。これも、コルテスの剣《けん》のさやをほうり投げるという、鋭《するど》くて賢《かしこ》い、機転の利《き》いたおれの行動のおかげである。おれには、きっとそのさやが羅針盤《らしんばん》の働きをするということがわかっていたのだ。これでもう、左足のルイ……それとコルテスの剣を見つけようとするおれたちの前に立ちはだかるものは、何もない。

＝キャプテン・ジャック・スパロウ

1週間BOOK

パイレーツ・オブ・カリビアン
ジャック・スパロウの冒険
第1巻　嵐がやってくる!

"少年"ジャック・スパロウ。職業は密航者……。トルトゥーガ島の酒場の女の子、アラベラとともにコルテスの剣を見つけるための冒険が始まった!

四六判　¥924(税込み)

DISNEY PRESS
www.DisneyPirates.com
First publishied in U.S in 2006 by Disney Press,
114 Fifth Avenue, New York, New York 10011-5690.

Based on the earlier life of the character, Jack Sparrow, created for the theatrical motion picture, "Pirates of the Caribbean:The Curse of the Black Pearl"
Screen Story by Ted Elliott & Terry Rossio and Stuart Beattie and Jay Wolpert, Screenplay by Ted Elliott & Terry Rossio,
And characters created for the theatrical motion pictures "Pirates of the Caribbean:Dead Man's Chest" and "Pirates of the Caribbean 3" written by Ted Elliott & Terry Rossio

Japanese Translation rights arranged with Disney Press, New York,
Through Kodansha Ltd., Tokyo
For sale in Japanese territory only.

Printed and Bound in Japan by Tosho Printing Co.,Ltd.

パイレーツ・オブ・カリビアン
ジャック・スパロウの冒険《ぼうけん》 2
セイレーンの歌《うた》

2006年7月3日　第1刷発行

ロブ・キッド　著
ジャン＝ポール・オルピナス　絵
ホンヤク社　訳

発行者　野間佐和子
発行所　株式会社　講談社
東京都文京区音羽2-12-21 〒112-8003
電　話　編集部　03-5395-3474
販売部　03-5395-3622
業務部　03-5395-3615
印刷所　図書印刷株式会社
製本所　株式会社国宝社

ブックデザイン　門田耕侍（SPRAY）
邦題ロゴデザイン　山路 洋（smack）

定価はカバーに表示してあります。落丁本・乱丁本は、小社業務部あてにお送りください。送料小社負担にてお取り替えいたします。なお、日本語版についてのお問い合わせは『1週間』編集部あてにお願いいたします。

ISBN4-06-213538-8